14-8-96

LES YEUX DU TEMPS

W0366969

Collection dirigée par Gérard Klein

BOB SHAW

Les Yeux du temps

TRADUIT DE L'ANGLAIS PAR JACQUES GUIOD

Préface de Gérard Klein

LE LIVRE DE POCHE

Titre original

OTHER DAYS, OTHER EYES

© Bob Shaw, 1972.

© Librairie Générale Française, 1996.

PRÉFACE

Aux yeux des lecteurs français, Robert Shaw, né en 1931 et disparu en 1995, est malheureusement resté l'homme d'une nouvelle, *Lumière des jours enfuis* [1] et d'un livre qui en était le développement et que vous allez lire. La réputation de cette nouvelle, considérable auprès des lecteurs attentifs de Science-Fiction, et en particulier des connaisseurs de la regrettée revue *Fiction*, n'est pas surfaite. Elle introduit, dans un univers de l'imaginaire teinté de science déjà fort peuplé, un concept original et puissant, ce qui n'est pas courant et qui la rend difficilement classable de surcroît. Menant quelques recherches bibliographiques pour la préparation de cette édition, j'ai eu la très grande surprise de découvrir qu'elle ne figurait pas dans la *Grande Anthologie de la Science-Fiction,* dont je suis coauteur si bien qu'il me faut accepter au moins partiellement la responsabilité de cette lacune regrettable.

C'est sans doute que mes collègues et moi-même n'avons pas réussi à la faire entrer de prime abord dans les cadres thématiques pourtant larges que nous avions retenus. Lorsque nous avons tenté d'élargir ces cadres, à l'occasion de la préparation de la seconde série, nous ne sommes probablement pas davantage parvenus à la caser, à moins que nous ne l'ayons tout simplement oubliée, ce qui m'étonnerait. Plus proba-

1. *Fiction,* n° 205, janvier 1971.

blement, nous l'avons soigneusement mise de côté lors de la préparation de chaque sommaire, en nous réservant de faire figurer ce morceau de choix dans une des anthologies futures. Ce n'était en effet ni une histoire de robots, ni une histoire d'extraterrestres, ni une histoire de voyages dans l'espace, ni une histoire de voyages dans le temps, ni une histoire de... Elle n'était pas non plus humoristique et ne pouvait donc pas figurer dans les *Histoires à rebours,* etc. A la fin, elle a dû se retrouver toute seule dans sa pile en raison de sa qualité même qui faisait qu'elle ne pouvait entrer nulle part. Et comme nous pouvions difficilement consacrer un volume thématique entier à une nouvelle isolée...

Cette lacune ou cette erreur ou cette faute est aujourd'hui réparée puisque vous trouverez la nouvelle dont il est question enchâssée sous le titre DIGRESSION PREMIÈRE juste après le chapitre 2 des *Yeux du temps.*

L'idée des *Yeux du temps,* que je peux bien résumer ici puisque l'auteur la dévoile dès les premières pages de son roman et que ce n'est pas sa découverte mais l'exposé de ses conséquences qui fait l'intérêt du livre, est simple, foudroyante et radicalement innovante. Les lecteurs aisément frustrés par des révélations prématurées sont priés de passer provisoirement leur chemin.

En faisant des recherches sur un verre spécial qui laisserait passer la lumière mais pas la chaleur, vrai rêve d'ingénieur, un inventeur découvre un verre *qui ralentit considérablement la lumière.* Si vous regardez quelque chose à travers, par exemple un paysage, tout d'abord vous ne verrez rien du tout : la lumière n'a pas encore traversé toute l'épaisseur du verre. Mais si vous attendez assez longtemps, de quelques minutes à quelques années selon le raffinement de la formule, vous verrez soudain apparaître le paysage lorsque les premiers photons auront enfin franchi l'épaisseur de la plaque et pourront venir frapper vos rétines. Et l'image de ce paysage, en couleur et en relief, comme derrière une simple vitre, continuera à vous apparaître un temps aussi long qu'il faut à la lumière pour traverser ce verre, pourvu qu'il y ait été exposé aussi longtemps. C'est tout simple, et c'est imparable. Le verre lent permet de voir dans le passé. Bien qu'il n'ait pas de mémoire à proprement parler, il agit comme un retardateur temporel. En un sens, le verre lent est une métaphore — dérivée de l'enregistrement des images, photographie et cinéma, ou plutôt aujourd'hui vidéo —, d'une forme limitée de machine à explorer le temps : elle permettrait de regarder un certain passé mais évidemment pas de s'y rendre.

C'est déjà beaucoup, compte tenu surtout de l'habileté diabolique avec laquelle Shaw exploite son thème qu'il retourne sur toutes les coutures. Il en tire des effets de nostalgie et de sentiments presque insupportables en dépit d'une grande sobriété, ainsi dans la nouvelle précitée, ou des variations sur le thème de l'énigme criminelle renouant consciemment ou inconsciemment avec le thème de l'image figée sur la rétine d'une victime, exploitée par Jules Verne dans *Les Frères Kip* et par bien d'autres, ou encore, ce qui est peut-être plus rare en Science-Fiction, des développements dramatiques sur l'exploitation industrielle d'une invention et sur la vie des affaires, qui ne le cèdent en rien à *Dallas* et autres mélodrames sur les requins de papier.

Ce dernier aspect mérite qu'on s'y attarde. Les auteurs de Science-Fiction, bien qu'ils prétendent volontiers traiter des effets des sciences et des techniques sur la société, ou qu'on leur prête, comme je fais souvent, cette préoccupation, se soucient rarement de décrire les conditions concrètes dans lesquelles une invention devient dans une entreprise réelle, à travers la recherche et le développement, puis les arcanes des brevets et autres contrats, les jeux d'influences et les conflits d'ambitions entre décideurs, et enfin les difficultés de la mise en œuvre industrielle puis commerciale, un produit atteignant ou non sa cible et transformant ou non la société.

Certains auteurs se recommandent souvent du *nuts and bolts,* des vis et des boulons, indiquant par là qu'ils se sont souciés de décrire dans un certain détail les données scientifiques et les réalités techniques de leurs inventions et qu'il n'y a plus après eux qu'à passer au montage, mais ils ne vont presque jamais jusqu'à décrire la réalité actuelle ou future des ateliers. Leur excuse première est qu'ils se situent généralement dans un avenir éloigné où ces considérations triviales auront disparu. Leur excuse seconde est que cela n'intéresserait pas le lecteur. En quoi ils ont bien tort.

La vérité, qui n'est pas une excuse, est que la plupart d'entre eux n'ont jamais mis les pieds dans une entreprise en dehors des bureaux de leur maison d'édition, dans un service de brevets, dans un vrai laboratoire de recherche ou dans un atelier industriel sauf, dans le meilleur des cas, ceux façon Disneyland que font visiter de grandes entreprises comme Boeing et qui sont en fait des hangars d'assemblage où il faudrait passer un an pour commencer à comprendre quelque chose. Le seul auteur qui entreprenait de temps en temps de timides allusions à une quelconque réalité industrielle reste Robert Heinlein qui a par exemple émis cette idée banale mais intéressante que le véritable ingénieur n'invente pas sa machine à faire n'importe quoi à partir de rien mais en réutilisant et éventuellement en détournant des dispositifs techniques antérieurs.

Bob Shaw, lui, n'hésite pas à suggérer, voire à décrire, certaines étapes de ce processus inévitable et impitoyable qui conduit de l'idée brillante ou de la manipulation heureuse à son inscription dans l'étoffe de la société, et il le fait de façon passionnante. Curieusement, cela confère à son roman non seulement une certaine étrangeté, mais encore à première lecture un aspect un peu désuet, comme s'il s'agissait du siècle précédent, comme si les histoires de patrons de l'industrie se ramenaient à celles des maîtres de forges. Il faut dépasser cette impression et découvrir sous ce réalisme sa dimension absolument moderne. J'exprime ici le souhait que *Les Yeux du temps* soit lu et commenté dans les collèges, les lycées, mais aussi dans les écoles d'ingénieurs et de commerciaux, partout où l'on cherche à faire comprendre à de jeunes esprits les subtilités et les embûches de la réalisation d'un projet.

Si Bob Shaw a su si remarquablement rendre ces réalités et cette atmosphère, c'est qu'il en avait l'expérience. Il avait commencé par travailler comme apprenti ingénieur dans le génie industriel, puis il était passé à l'aéronautique, et mettant à profit son talent littéraire, il avait fini par passer de là aux relations publiques dans l'industrie et au journalisme technique. Contrairement à la plupart des auteurs de Science-Fiction, il savait de quoi il parlait car il avait, au moins métaphoriquement, mis les mains dans le cambouis. Il connaissait la musique, ou plutôt la technique, et pas seulement par le truchement de descriptions lointaines rapportées par des ethnologues du milieu scientifique ou industriel. Et c'est pourquoi il est passionnant.

Quant à son rapport avec la SF, il avait commencé par être un fan très actif et c'est à ce titre, pour ses publications faniques, qu'il reçut tardivement ses premières distinctions, des Prix Hugo en 1979 et 1980. Il était pourtant devenu dès 1975 un écrivain à temps plein.

La question que l'on doit se poser, c'est de savoir pourquoi un auteur aussi intéressant n'est pas mieux connu des lecteurs français. La réponse est qu'il n'a pas eu de chance et qu'il n'a peut-être pas obtenu des éditeurs français toute l'attention que ses œuvres méritaient. Il n'a pas eu de chance parce qu'il n'a commencé à publier vraiment régulièrement qu'après le milieu des années 1970 et que, compte tenu du délai de diffusion de la notoriété d'un auteur, il n'a été perçu des éventuels éditeurs français qu'au début des années 1980, après l'effondrement du marché qui avait suivi l'inénarrable pullulement des collections et à un moment où le sauve-qui-peut était général. D'autre part, ses premiers romans, à l'exception des *Yeux du temps* qui occupe une place à part dans son œuvre, manquaient un peu de personnalité et se montraient souvent maladroits. On y sentait surtout le fan soucieux de produire, à partir de bonnes idées, le produit américain conforme et n'y arrivant pas vraiment, ce qui somme toute était préférable. Par la suite, avec deux séries au moins, *Orbitsville* (à partir de 1975) et plus encore *The Ragged Astronauts* (Les astronautes en haillons, à partir de 1986) qui comprenait au moins un titre mémorable *The Wooden Spaceships* (Les astronefs en bois), il trouva un ton plus personnel, plus britannique, plus professionnel.

J'ai plusieurs fois été sur le point de publier Bob Shaw dans « Ailleurs et demain », la collection que je dirige chez Robert Laffont. Les vicissitudes de l'édition, la réduction des programmes annuels qui n'épargna pas la Science-Fiction, la compétition dans laquelle ses romans se trouvaient avec ceux d'auteurs plus connus et peut-être plus chevronnés que je ne pouvais de toute façon pas décevoir, ont fait que ces projets sont demeurés des velléités. Pour être tout à fait honnête, je dirais que je ne raffole pas des séries et que Bob Shaw se situait à mes yeux juste au-dessus de la limite inférieure de ce que je souhaite présenter dans « Ailleurs et demain ». Une année un peu creuse et c'était bon. Il n'y en a pas eu. Si j'avais disposé d'une autre série, du remarquable niveau de la défunte « Galaxie bis » par exemple, ou mieux encore d'« Anti-mondes », chez OPTA également et dirigée aussi par l'excellent Michel Demuth, je n'aurais pas hésité une seconde.

Si je m'étends aussi longuement et avec une touche de sentimentalité sur le sujet, c'est que Robert (Bob)

Shaw est mort récemment et prématurément. J'espérais lui faire le plaisir, sinon la surprise, de cette réédition qui était prévue depuis très longtemps et que toutes sortes de difficultés (difficultés qu'ignorent royalement tous ceux qui n'ont jamais mis les pieds dans une usine, ou dans un service d'archives et de brevets, ou cherché à passer un contrat, voir ci-dessus) ont retardé sans cesse. J'espérais aussi à cette occasion faire sa connaissance et voir si, par hasard, ou plutôt par chance, on ne pourrait pas discuter autour de l'idée de la traduction de tel roman relativement ancien, enfin vous voyez. Rien de tout cela ne s'est produit et vous comprendrez que j'en aie conçu un certain remords.

La disparition d'un auteur n'efface pas, fort heureusement, son œuvre. Les livres de Bob Shaw sont là. J'espère qu'un jour j'aurai, ou que quelqu'un d'autre aura, la possibilité de les éditer en France, et qu'on les retrouvera en seconde édition dans cette collection. J'espère, sans trop y croire, qu'il m'entend et qu'il me pardonne, là où il est supposé être et où je souhaite, sans vouloir trop précipiter les choses, le rejoindre un jour pour que nous ayons cette fameuse bonne conversation entre un auteur et son lecteur-éditeur, au-dessus d'un verre de bière forte d'Irlande du Nord où, je ne vous l'ai pas encore dit, il était né.

Gérard KLEIN

CHAPITRE PREMIER

Bien que l'autre voiture ne fût d'abord rien de plus qu'une tache rougeâtre sur la ligne de fuite de la nationale, Garrod parvint, en dépit de la distance et de la fixité de son regard — causée par la forme étrange de son iris gauche — à identifier le modèle et l'année. Il s'agissait d'une Stiletto 1982. Une appréhension tout à fait irraisonnée le poussa à lever le pied et sa propre voiture abandonna les 140 kilomètres à l'heure, sa vitesse de croisière. La douceur de son geste n'empêcha pas la turbine de pousser un véritable gémissement de déception au moment de la décélération.

« Que se passe-t-il ? » Sa femme fut aussitôt sur le qui-vive.

« Rien.

— Pourquoi as-tu ralenti ? » Esther aimait contrôler étroitement tout ce qui lui appartenait, catégorie dans laquelle elle faisait entrer aussi son mari ; son large chapeau de paille vernie se tourna vers lui comme un radar à l'affût.

« Comme ça, sans raison particulière. » D'un sourire, Garrod montra qu'il n'avait pas envie d'être questionné plus longtemps, puis il regarda la Stiletto grossir démesurément devant lui. Soudain — mais il n'en fut nullement surpris — une lueur orangée se mit à clignoter sur l'aile avant gauche de la Stiletto. Il jeta un rapide coup d'œil et vit une route transversale à mi-chemin des deux véhicules ; puis écrasa subitement la pédale de frein, et la Turbo-Lincoln piqua du nez quand ses pneus se bloquèrent sur l'asphalte. La

Stiletto rouge leur coupa le passage avant de s'engager sur la route transversale et de disparaître dans un nuage de poussière safran. Garrod avait eu la vision furtive d'un visage juvénile collé à la vitre latérale de la voiture de sport, un visage terrifié et accusateur dans lequel la bouche n'était plus qu'un cercle sombre.

« Mon Dieu, tu as vu ? » Le visage habituellement serein d'Esther était maintenant déformé par la colère. « Est-ce que *tu as vu ?* »

Puisque sa femme se posait en porte-parole de leur ressentiment commun, Garrod décida de rester calme.

« Evidemment.

— Si tu n'avais pas ralenti au bon moment, cet imbécile nous aurait envoyés dans... » Une pensée soudaine lui vint à l'esprit et Esther se tourna vers son mari. « Alban, *pourquoi* as-tu ralenti ? C'était presque comme si *tu savais* ce qui allait se passer.

— J'ai appris à me méfier des types en voitures de sport rouges, c'est tout. » Garrod se mit à rire mais la question de sa femme l'avait anormalement troublé, plus que s'il n'avait fait aucun commentaire à ce sujet. Qu'est-ce qui l'avait poussé à freiner à ce moment précis ? Evidemment, il avait de bonnes raisons de porter un intérêt tout particulier aux Stiletto de série — c'était le premier véhicule à être équipé d'un pare-brise Thermgard fabriqué dans sa propre usine ; mais cela n'expliquait pas les sinistres remous de son inconscient, le sentiment d'avoir contemplé quelque chose de terrible et d'en avoir aussitôt effacé le souvenir.

« Je savais bien que nous aurions mieux fait de prendre l'avion officiel, dit aigrement Esther.

— N'oublie pas que tu voulais faire de ce voyage une partie de plaisir.

— Oui, mais je ne pensais pas...

— Voilà le terrain d'aviation », l'interrompit Garrod en apercevant une haute clôture métallique qui se dressait sur leur gauche. « Nous avons bien roulé. »

Esther hocha la tête comme à regret puis se cala

dans son siège pour regarder les nombreuses balises d'atterrissage qui apparaissaient derrière le dessin mouvant de la clôture. C'était leur second anniversaire de mariage, et Garrod la soupçonnait vaguement de lui en vouloir d'avoir consacré une aussi grande partie de la journée à un rendez-vous d'affaires. Il ne pouvait cependant rien y faire — même si c'était l'argent de sa belle-famille qui avait empêché la Société des Verreries Garrod de faire faillite. Les Etats-Unis s'étaient lancés très tardivement dans la compétition des transports supersoniques, mais l'Aurora Mach 4 allait bientôt entrer en service — au moment où les T.S.S. des autres pays commençaient à dater — et lui, Alban Garrod, avait joué un rôle important dans la fabrication de ce nouveau modèle. Il n'aurait pu dire exactement pourquoi il accordait tant d'importance au fait d'être présent au premier vol public de l'Aurora, mais il savait que rien ne l'empêcherait de voir l'aigle de titane prendre son essor et évoluer librement dans les airs avec les yeux dont il l'avait doté.

Il ne leur fallut que cinq minutes pour se trouver devant l'entrée principale du terrain d'aviation de la Société de Construction Aéronautique. Un garde, vêtu d'un uniforme strict de couleur beige, les salua puis leur fit signe d'entrer quand il vit la carte d'invitation de Garrod. Ils roulèrent au pas parmi les bâtiments administratifs ; des panneaux indicateurs aux couleurs vives resplendissaient au soleil du matin et créaient une atmosphère de parc d'attractions. Garrod ne pouvait tourner la tête sans apercevoir des créatures de rêve, portant l'uniforme de la compagnie qui avait déjà commandé plusieurs exemplaires de l'Aurora.

Esther posa sa main sur la cuisse de son mari en un geste de possession. « Charmantes, n'est-ce pas ? Je commence à comprendre pourquoi tu étais si désireux de venir ici.

— De toute façon, je ne serais pas venu sans toi », mentit Garrod. Il serra le genou d'Esther pour donner plus de poids à ses paroles et sentit ses muscles se tendre subitement.

« Regarde, Alban, *regarde !* s'écria-t-elle d'une voix haut perchée. Ce doit être l'Aurora. Pourquoi ne m'avais-tu pas dit qu'il était si *merveilleux ?* »

Garrod se sentit empli d'orgueil quand il aperçut la grande forme argentée, cet être mathématique sensible, futuriste malgré son allure d'animal préhistorique. Il n'avait pas pensé qu'Esther apprécierait l'Aurora et ses yeux s'emplirent d'une lueur de reconnaissance. Soudain, il se sentit parfaitement heureux — face à cela, l'incident de la Stiletto rouge était bien trop banal pour qu'on ose encore en parler. Un autre garde leur fit signe de pénétrer à l'intérieur du petit parking réservé aux constructeurs et séparé du reste du terrain par des cordes multicolores attachées à des piquets. Garrod descendit de voiture et prit une profonde inspiration, essayant d'emplir ses poumons des senteurs du matin. Dans l'air chaud flottaient les vapeurs évocatrices du kérosène.

Esther était toujours en admiration devant l'Aurora qui apparaissait derrière le toit d'une tente-marquise rouge et blanche. « Les hublots ont l'air très petits.

— C'est à cause de l'échelle. C'est un gros appareil, tu sais, et nous en sommes à plus de quatre cents mètres.

— Peut-être, mais je lui trouve quand même l'air un peu... myope. On dirait un oiseau qui essaierait de voir avec de tout petits yeux. »

Garrod la prit par le coude et la conduisit jusqu'à la tente. « Il faut dire qu'*il a* des yeux, comme n'importe quel autre appareil. C'est en cela que notre Thermgard a été capital — il a permis aux constructeurs de supprimer le poids et la complexité des boucliers thermiques normalement utilisés sur cette sorte de T.S.S.

— Je voulais vous faire marcher, Mr. Garrod. » Esther posa gaiement ses deux mains sur son bras gauche et ils pénétrèrent dans la lumière moins crue de la marquise. Elle se mit à sourire, et ses traits fins et précis révélèrent un nouvel aspect de sa personnalité.

Garrod ne put s'empêcher de remarquer que sa riche épouse avait, une fois de plus, trouvé le moyen de marquer la possession qu'elle exerçait sur lui au moment où ils rencontraient des personnes étrangères ; mais il ne se sentait pas d'humeur à protester. Une vive émotion prit naissance en lui quand un homme de haute stature, aux cheveux or et argent et au visage bruni d'adolescent, se fraya un chemin parmi la foule. Il s'agissait de Vernon Maguire, président de la Société de Construction Aéronautique.

« Je suis content que vous soyez là, Al. » Maguire regarda Esther d'un air appréciateur. « Et voici la petite fille de Boyd Livingstone, n'est-ce pas ? Comment se porte votre père, Esther ?

— Plus actif que jamais — vous l'avez déjà vu au travail. » Esther serra la main de Maguire.

« J'ai entendu dire qu'il pensait se lancer dans la politique. S'intéresse-t-il toujours autant au jeu ?

— Je crois qu'il veut faire fermer tous les casinos du pays. » Esther sourit à Maguire, et Garrod fut surpris de se sentir quelque peu ennuyé. Esther ne connaissait rien à l'industrie aéronautique et ne se trouvait là que par pure courtoisie ; c'était pourtant à elle que Maguire portait toute son attention. L'argent parlait à l'argent.

« Transmettez-lui mon bon souvenir, Esther. » Un regard faussement soucieux passa dans les yeux de Maguire. « Dites-moi, pourquoi ne lui avez-vous pas demandé de venir ?

— Nous n'y avons pas pensé, répondit-elle. Mais je suis sûre qu'il aurait beaucoup apprécié ce premier vol...

— Ce n'est pas le premier vol. » Garrod parla plus sèchement qu'il ne l'avait souhaité. « C'est la première présentation publique.

— Soyez moins sévère avec votre femme, Al. » Maguire se mit à rire et lui lança une bourrade dans l'épaule. « Et puis, c'est *vraiment* le premier vol en ce qui concerne vos pare-brise.

— Vraiment ? Je croyais que le Thermgard avait été mis en service la semaine dernière.

— C'est bien ce qui était prévu, Al, mais nous avons passé tellement de temps sur les essais à basse vitesse que nous n'avons pas eu la possibilité de changer les pare-brise.

— Je n'étais pas au courant », dit Garrod. Sans savoir pourquoi, il se rappela la Stiletto rouge et le visage terrifié et accusateur de son conducteur. « C'est donc la première fois que mes pare-brise sont utilisés ?

— C'est ce que je viens de vous dire. Ils ont été montés la nuit dernière et, s'il n'y a pas d'imprévu, l'Aurora franchira le mur du son vendredi prochain. Il faut que je vous quitte. Vous ne voulez pas prendre un verre et vous installer au-dehors ? » Maguire leur adressa un rapide sourire avant de s'éloigner.

Garrod appela une hôtesse à qui il commanda un jus d'orange pour Esther et une vodka-tonic pour lui-même. Puis, le verre à la main, ils se dirigèrent vers les rangées de sièges qui avaient été installées devant le terrain d'aviation. L'augmentation soudaine de l'intensité lumineuse frappa douloureusement l'œil gauche de Garrod, rendu hypersensible à la lumière après une irisectomie partielle dont il avait été opéré alors qu'il était enfant, et il mit des lunettes polarisées afin de voir plus distinctement. Des groupes d'hommes et de femmes assis regardaient l'activité déployée autour de la masse sombre de l'Aurora ; des camions transportant les techniciens au sol se regroupaient sous l'appareil tandis que des hommes en combinaison blanche se pressaient sur la passerelle menant à l'intérieur de la carlingue.

Garrod but son verre et le trouva frais et agréable au goût, avec toutefois un piquant supplémentaire qui trahissait une trop grande proportion d'alcool. Il était un peu trop tôt pour se mettre à boire sérieusement — et il avait toujours constaté qu'un verre le matin équivalait à trois le soir — mais cette occasion particulière méritait bien que l'on fît un petit écart à la règle. Pendant la demi-heure qui précéda le décollage de l'Aurora, il engloutit rapidement mais discrètement, trois autres vodka-tonic, ce qui lui permit de pénétrer dans un monde scintillant, calme et optimiste, où des gens merveilleux buvaient le feu du soleil dans des diamants spécialement évidés. D'éminents représentants des autres compagnies de construction se succédèrent joyeusement et Wayne Renfrew, premier pilote d'essai de la S.C.A., fit une courte apparition et refusa un verre avec son habituel sourire triste.

Renfrew était un petit homme sympathique au nez rouge et aux cheveux coupés en brosse, mais il avait une maîtrise de soi certaine qui rappelait aux gens qu'il avait été choisi pour apprendre à une carcasse métallique de deux milliards de dollars à voler comme un avion. Garrod se sentit curieusement exalté quand le pilote lui demanda de dire un mot sur le rôle que jouait la transparence du Thermgard dans le projet Aurora. Puis il regarda avec gratitude Renfrew s'éloigner vers la jeep blanche qui devait le conduire à l'appareil stationné à quelques centaines de mètres de là.

« Tu te souviens encore de moi ? lui rappela soudain Esther d'un air jaloux. Je ne sais peut-être pas piloter un avion mais, par contre, je sais très bien faire la cuisine. »

Garrod se tourna vers sa femme et se demanda si ses paroles avaient bien révélé le fond de sa pensée. Les yeux bruns d'Esther se posèrent sur les siens, froids comme la culasse d'un fusil, et il comprit que, au matin de leur second anniversaire de mariage, pendant unc importantc réunion dc travail ct dc rcprésentation — et uniquement parce qu'il ne s'était pas occupé d'elle pendant quelques minutes — elle le soupçonnait déjà d'avoir des tendances homosexuelles. Il classa cette constatation dans un recoin de son esprit et lui adressa son plus charmant sourire.

« Chérie, lança-t-il avec enthousiasme, allons prendre un autre verre ! »

Elle lui rendit son sourire, rassurée. « Je crois que je vais prendre un Martini. »

Il alla le chercher lui-même au bar et le posa sur leur table au moment où les turbines de l'Aurora poussèrent un gémissement profond qui se perdit bientôt dans un grondement terrifiant produit par la mise en marche simultanée de tous les moteurs. Le bruit ne décrut pas pendant plusieurs interminables minutes, puis augmenta encore quand l'appareil commença de rouler sur le sol et devint presque insupportable quand l'Aurora se dirigea vers la piste principale et que ses tuyères restèrent un instant dirigées vers la tente-marquise. Garrod sentit sa cage thoracique se broyer, puis éprouva une sensation proche de la panique la plus primitive — mais l'appareil continua d'avancer, rétablissant un calme relatif.

Esther enleva les mains de ses oreilles. « Tu ne trouves pas cela *excitant* ? »

Garrod hocha la tête sans détourner son regard de l'Aurora. La brillante structure de titane s'enfuit vers l'horizon — posée sur son train d'atterrissage d'un air maladroit, semblable en tout point à un grand papillon blessé — puis resplendit au soleil quand elle se tourna dans le sens du vent. Après un instant étonnamment court, elle roula le long de la piste, prit de la vitesse et s'éleva. Des nuages de poussière couraient sur le sol derrière l'Aurora, qui semblait se purifier en vue de son premier vol ; il rentra son train, releva les volets d'intrados puis se dirigea vers le sud.

« C'est merveilleux, Al. » Esther le prit par le bras. « Je suis *si* contente d'être venue. »

Garrod se sentait la gorge serrée d'orgueil. Un haut-parleur fit entendre un bruit de toux puis une voix mâle entreprit de faire une description assez simple de l'Aurora. Elle parla d'un ton froidement professionnel, tandis que l'appareil se fondait dans le bleu du ciel, puis elle conclut en disant que l'Aurora n'était pas encore équipé pour le transport des passagers mais que la S.C.A. s'efforcerait de donner à ses invités l'impression de voler en faisant passer l'écoute-radio sur le système général de communication par haut-parleurs.

« Bonjour, mesdames et messieurs. » La voix de Renfrew lui donna la réplique. « L'Aurora se trouve à une quinzaine de kilomètres au sud de votre position et nous sommes actuellement à une altitude de quatre mille pieds. J'exécute à présent un virage sur la gauche afin de me retrouver au-dessus du terrain dans un peu moins de trois minutes. L'Aurora est une véritable merveille et... » La voix calme et professionnelle de Renfrew s'éteignit brutalement.

« Les commandes m'ont l'air d'être un peu lentes ce matin mais cela est probablement dû aux conditions mêmes du vol, air chaud et vitesse peu élevée. Comme je vous le disais... »

Vernon Maguire lança alors d'une voix faussement chagrinée qui retentit dans toute la tente : « En voilà un pilote d'essai ! Nous lui demandons de faire une démonstration de l'Aurora et tout ce qu'il fait, c'est critiquer les foutus systèmes de commande ! » Il éclata de rire, imité en cela par la plupart des hommes de l'assistance. Garrod tourna les yeux vers le sud jusqu'à ce qu'il vît l'Aurora, luisant comme une planète, une étoile, une petite lune changée en flèche d'argent. L'appareil glissa ensuite vers l'est du terrain, à un millier de pieds du sol, volant à petite vitesse, le nez pointé vers le ciel.

« Je vais faire un autre virage sur la gauche avant de passer lentement au-dessus de la piste principale pour vous montrer l'excellente maniabilité de l'Aurora. » La voix de Renfrew était redevenue tout à fait normale et le sentiment de gêne de Garrod disparut sur-le-champ. Il se tourna vers Esther et vit qu'elle avait sorti son poudrier et commençait à se refaire une beauté.

Elle remarqua son regard et lui répondit par une grimace. « Une fille doit toujours... »

Le haut-parleur diffusa à nouveau la voix de Renfrew, qui semblait cette fois avoir perdu tout son flegme. « Il y a encore cette lourdeur dans les commandes. Cela ne me plaît pas du tout, Joe. J'arrive sur... » Un déclic sonore indiqua aux spectateurs que le contact direct avec l'appareil venait d'être coupé. Garrod ferma les yeux et vit la Stiletto rouge se rapprocher de lui.

« Ne vous sauvez pas en pensant que la situation est désespérée, lança Maguire d'un ton rassurant. Wayne Renfrew est le meilleur pilote d'essai de tout le pays et c'est sa prudence qui fait toute sa force. Si vous avez envie de voir un atterrissage parfait — ouvrez tout grand les yeux. »

Les spectateurs se turent en voyant l'Aurora traverser lentement le ciel à l'extrémité nord du terrain d'aviation et changer de forme quand il sortit son train d'atterrissage et abaissa ses volets. Il survola la piste, puis plongea en avant, le nez relevé et les roues désespérément tendues vers le sol, à la manière de n'importe quel appareil ultra-rapide terminant sa course. La descente se poursuivit vers la blancheur miroitante de la piste et Garrod s'aperçut qu'il ne pouvait plus respirer.

« Redresse, souffla un spectateur assis non loin de Garrod. Redresse, Wayne, pour l'amour de Dieu ! »

L'Aurora continua de plonger à la même vitesse, heurta la piste et rebondit vers le ciel en un grotesque soubresaut. Il parut s'immobiliser un instant, puis une aile s'abaissa vers le sol ; la jambe correspondant du train d'atterrissage vola en éclats en heurtant une nouvelle fois le ciment et l'appareil bascula sur la piste, glissa et se tordit en tous sens. De nombreuses détonations dues aux rivets explosifs retentirent au-dessus du crissement du métal quand l'Aurora perdit ses ailes et leur mortelle réserve de carburant, laissant le fuselage glisser sur la piste à la manière d'un javelot sur un étang pris par les glaces. Les deux ailes jaillirent de part et d'autre avant de sauter en l'air, et l'une d'elles explosa en une gerbe de feu et de fumée noire. Le fuselage continua de glisser pendant quelques centaines de mètres, épuisant son énergie cinétique en averses de métal étincelant avant de s'immobiliser finalement comme à regret.

Il y eut un instant de silence.

De calme profond.

De l'autre côté du terrain d'aviation, les sirènes se mirent à retentir et Garrod s'enfonça dans son siège. Le visage du jeune homme à la Stiletto rouge lui apparut alors — terrifié et accusateur.

Garrod attira sa femme vers le siège qui se trouvait à côté de lui. « C'est ma faute, dit-il sur le ton de la conversation la plus courante. C'est moi qui ai détruit cet appareil. »

CHAPITRE II

La Société des Ordinateurs Leygraf occupait une petite suite de bureaux dans l'un des plus anciens immeubles commerciaux du vieux Portston. Garrod pénétra dans le minuscule salon d'accueil, s'approcha de la femme à l'allure triste mais efficace qui se tenait derrière le bureau de la réception et lui tendit sa carte.

« Je voudrais voir Mr. Leygraf pendant quelques instants. »

La réceptionniste lui sourit en manière d'excuse. « Je suis désolée — Mr. Leygraf est en conférence et si vous n'avez pas de rendez-vous... »

Garrod lui répondit par un autre sourire et jeta un coup d'œil à sa montre. « Il est très exactement quatre heures une minute. Correct ?

— Euh... oui.

— Ce qui signifie que Carl Leygraf est seul dans son bureau et qu'il est en train de prendre son premier verre de la journée, un scotch avec du soda et beaucoup de glace. J'ai personnellement envie de boire la même chose et je vous prierais de bien vouloir lui faire savoir que je suis ici. »

La femme hésita un instant avant d'appuyer sur le bouton de l'interphone. Quelques secondes plus tard,

Leygraf sortit de son bureau, un verre humide à la main. C'était un homme mince, vêtu à la diable, à la calvitie précoce et aux yeux gris et inquiets.

« Venez, Al, lança-t-il. Vous arrivez juste à point pour prendre un verre.

— Je sais. » Garrod entra dans le bureau, une pièce aux murs argentés et dans laquelle les éléments décoratifs étaient remplacés par des modèles mathématiques fort complexes faits de tiges et de fils. « J'en ai bien besoin. Ma voiture m'a lâché à deux blocs d'ici et j'ai dû l'abandonner pour venir à pied. Vous connaissez quelque chose aux turbines ?

— Non, mais si vous me dites quels sont les symptômes je serai peut-être capable de vous donner un conseil. »

Garrod secoua la tête. C'était une chose qu'il aimait bien chez Leygraf, cette manière d'être prêt à s'intéresser à n'importe quel sujet de conversation et d'en débattre pendant quelques instants. « Ce n'est pas pour cela que je suis venu vous voir.

— Ah ? Une vodka-tonic, évidemment ?

— Merci. Pas trop corsée, s'il vous plaît. »

Leygraf prépara la boisson avant de poser le verre sur le bureau derrière lequel Garrod s'était assis. « Vous vous préoccupez toujours de ces Stiletto ? »

Garrod hocha la tête et but longuement avant de lui répondre. « Je viens vous apporter de nouvelles données.

— Lesquelles ?

— Je pense que vous êtes au courant de l'accident de l'Aurora survenu il y a deux jours ?

— Si je suis *au courant* ? Mais je n'entends parler que de cela, mon vieux. L'année dernière, j'avais conseillé à ma femme d'acheter le nouveau modèle de la S.C.A. et elle a... » Leygraf s'arrêta, le verre au bord des lèvres. « Que voulez-vous dire par : de nouvelles données ?

— L'Aurora possédait des pare-brise Thermgard.

— Je savais que vous vous en étiez occupé, Al, mais

cela devait faire plusieurs mois déjà que cet appareil volait.

— Pas avec mes pare-brise. La S.C.A. était désireuse de ne pas trop s'attarder sur le programme de vol à basse vitesse, aussi est-ce pour cela que l'Aurora a volé quelque temps avec des écrans ordinaires. » Garrod regarda fixement son verre et vit de minuscules courants de liquide s'échapper du cube de glace. « Le vol de mardi dernier était le premier avec mon pare-brise Thermgard.

— Pure coïncidence ! » Leygraf renifla avec insistance. « Qu'essayez-vous de prouver ?

— Vous étiez de mon avis, Carl. Vous vous en souvenez ?

— Oui, je sais — mais je vous ai également dit que les chiffres avaient été mal utilisés. Quand on analyse une chose aussi complexe que les exigences de la circulation urbaine, il est d'usage de laisser de côté un bon nombrc dc statistiques...

— Sur la route du terrain d'aviation de McPherson, Esther et moi avons failli nous faire rentrer dedans par une Stiletto qui tournait à gauche.

— Vous êtes en train de gâcher le meilleur drink de ma journée, dit Leygraf d'un air chagrin tout en repoussant son verre. Chassez vos problèmes pendant quelques instants — comment un nouveau type de pare-brise pourrait-il produire des accidents ? Pour l'amour de Dieu, Al, dites-moi comment cela serait-il possible ? »

Garrod haussa les épaules et se concentra un moment sur un modèle mathématique afin d'essayer d'identifier l'équation qu'il représentait. « J'ai créé une nouvelle sorte de cristal, plus solide que n'importe quel verre. Il ne devrait même pas être transparent parce qu'il réfléchit l'énergie sur pratiquement chaque longueur d'onde du spectre. Seules les longueurs d'onde visibles parviennent à le traverser. Mais pas la chaleur. C'est pour cela que je l'ai fait breveter comme devant être le meilleur matériau de pare-brise au monde. » Garrod parlait d'une manière abstraite, tandis que son esprit glissait sur les courbes et les matrices du modèle.

« Mais si l'on suppose qu'un autre type de radiation parvienne à passer et qu'il soit même amplifié ou canalisé... Quelque chose que nous ne connaissons pas...

— Quelque chose qui rendrait mauvais les bons conducteurs et les excellents pilotes ? » Oubliant apparemment qu'il avait renoncé à boire, Leygraf saisit son verre et le vida d'un trait. « Est-ce que leur visage se couvre de poils et que leurs dents se mettent à pousser comme ça ? » Il enfonça ses jointures dans sa bouche et agita deux doigts pointés vers le bas.

Garrod se mit à rire avec reconnaissance. « Ne me rappelez pas à quel point tout ceci paraît stupide. J'essaie seulement de penser à autre chose. Je crois bien avoir lu un article à propos d'une route française qui était un véritable point noir ; personne ne comprenait pourquoi il en était ainsi, car la route était toute droite, suffisamment large et bordée de peupliers. Eh bien, les arbres étaient plantés à une distance telle les uns des autres que, si l'on roulait à la vitesse maximale autorisée, les rayons du soleil passaient entre les peupliers à raison de dix cycles par seconde.

— Qu'est-ce que cela ?... » Leygraf était tout déconcerté. « Ça y est, j'y suis — le rythme alpha du cerveau ! L'hypnose.

— Oui. Et il y a aussi l'épilepsie. Saviez-vous qu'il est mauvais, et même dangereux, pour un épileptique d'essayer de régler un poste de télévision présentant une courbe d'oscillations lente ? »

Leygraf secoua la tête. « Ce sont des phénomènes différents, Al.

— Peut-être pas. Et si le Thermgard oscillait ? S'il produisait des pulsations ?

— Cela n'expliquerait pas cette histoire de virages. Le rapport de synthèse de ma société a montré que presque tous les accidents de Stiletto se produisaient pendant un virage à gauche. Si vous voulez mon avis, c'est la géométrie de la direction qui est en cause.

— Non, dit Garrod avec fermeté. J'ai pris connaissance des divers rapports d'essais effectués en cours de fabrication.

— Bien entendu, l'Aurora tournait au moment où il s'est écrasé. » Les yeux gris de Leygraf s'étaient légèrement agrandis. « On peut dire qu'un avion tourne sur le plan vertical au moment où il se pose, n'est-ce pas ?

— Oui, cela s'appelle un redressement — sauf que, dans ce cas précis, Renfrew n'a pas redressé à temps. L'Aurora a quasiment piqué du nez vers le sol. »

Leygraf se leva subitement. « Il a tourné trop tard ! C'est ce que les conducteurs de Stiletto ont tendance à faire. Ils sous-estiment le temps nécessaire au franchissement de la file opposée de véhicules. Nous y sommes, Al. »

Garrod sentit son cœur enfler dans sa poitrine. « Nous y sommes ?

— Nous avons notre dénominateur commun.

— Et où cela nous mène-t-il ?

— Nulle part — cela confirme seulement vos nouvelles données, c'est tout. Mais je commence à faire mienne l'idée que le Thermgard affecte en quelque façon la lumière qui le traverse. Peut-être altère-t-il la longueur d'onde de la lumière ordinaire et la rend-il mauvaise. Un conducteur atteint serait probablement... »

Garrod secoua la tête. « Mais, dans ce cas, les couleurs perçues au travers de ce matériau ne seraient pas naturelles. Or, ce n'est pas le cas, les essais l'ont démontré. Les pare-brise doivent répondre à un grand nombre d'obligations, vous savez.

— Il y a pourtant *quelque chose* qui ralentit les réactions des conducteurs, maintint Leygraf. Ecoutez, Al, nous avons deux facteurs en jeu. Il y a la lumière elle-même — qui est invariable — et il y a l'homme...

— Ne dites plus rien ! Taisez-vous ! » Garrod se cramponna aux bras de son fauteuil quand il eut l'impression que le plancher se mouvait sous lui. Il ressentit un picotement sur le front et sur les joues, puis essaya de formuler à voix haute l'idée qui venait de lui traverser l'esprit, mais le gouffre séparant la logique du langage s'avéra trop profond pour qu'il parvienne à le franchir.

Deux heures plus tard, après une course épuisante au milieu du trafic des heures de pointe, les deux hommes atteignirent le bâtiment de couleur crème où se trouvait le Centre de Recherche et d'Administration de la Société des Verreries Garrod. C'était une belle fin d'après-midi d'octobre et l'air était doux et empreint de nostalgie. Du parking où ils se trouvaient, ils purent voir un lointain court de tennis — joyau posé sur un coussin d'arbres — où de blanches silhouettes disputaient peut-être le dernier jeu de la saison.

« C'est ce que je devrais être en train de faire, fit remarquer amèrement Leygraf tandis qu'ils se dirigeaient vers l'entrée principale. Est-il vraiment nécessaire que vous soyez aussi peu bavard quant à la raison qui vous a poussé à m'amener jusqu'ici ?

— Je ne cherche pas à faire de mystères. » Garrod se sentait progresser en terrain mouvant et se rendait compte qu'il se devait d'aller avec précaution. « Il y a seulement que je ne veux pas influencer le moins du monde votre manière de penser. Je vais vous montrer quelque chose et vous devrez me dire ce que cela signifie. »

Ils pénétrèrent dans le bâtiment et prirent place dans l'ascenseur, qui les emporta vers les bureaux du deuxième étage. Le bâtiment avait l'air désert mais ils rencontrèrent dans le couloir un homme petit et trapu dont la poche de poitrine s'ornait de tournevis au lieu de stylos à encre.

« Salut, Vince ! lança Garrod. Vous avez reçu mon message ? »

Vince hocha la tête. « Oui, mais je n'y ai rien compris. Est-ce que vous vouliez *vraiment* ce bricolage qui consiste en un simple morceau de carton équipé de deux ampoules électriques et d'un interrupteur rotatif ?

— C'est bien ce que je voulais. » Garrod donna à Vince une tape sur l'épaule comme pour s'excuser de ne pas lui dévoiler le mystère, puis entra dans son bureau. C'était un mélange de salle de travail classique et de pièce moderne, où une table à dessin disputait la place à un vaste bureau mal rangé.

Leygraf pointa un doigt vers le tableau noir qui recouvrait le mur sur toute sa longueur. « Vous vous en servez vraiment ? Je croyais que cela n'existait que dans les vieux films, ceux de William Holden par exemple.

— Il m'aide à réfléchir. Quand un problème est inscrit sur ce tableau, je peux le voir et travailler dessus sans me préoccuper de tout ce qui se passe par ici. » Garrod parlait lentement tout en examinant l'appareillage improvisé qui était posé sur son bureau ; ils était constitué d'un socle de carton épais supportant deux ampoules et d'un interrupteur rotatif à vitesse variable, le tout relié par des fils recouverts de plastique et dont les extrémités libres se trouvaient réunies par une fiche électrique. *Un jour,* pensa-t-il, étrangement vide de toute émotion, *les musées du monde entier se battront pour la possession de cet assemblage rudimentaire.* Il enfonça la fiche dans la prise murale et déclencha l'interrupteur rotatif ; les deux ampoules s'allumèrent à l'unisson. Puis il modifia légèrement la vitesse ; les deux ampoules s'allumèrent et s'éteignirent alors toutes les secondes environ.

« On se croirait à Times Square. » Leygraf renifla bruyamment pour attirer l'attention sur sa plaisanterie.

Garrod le prit par le bras et l'attira près du bureau. « Vous voyez le genre de circuit que nous avons ici ? Deux ampoules et un interrupteur montés en série.

— On ne m'a pas parlé de cela pendant les cours d'informatique du Cal Tech mais je crois pouvoir saisir le schéma général. Mon esprit fait des efforts énormes pour se mettre à la portée de cette technologie supérieure.

— Je voulais simplement être certain que vous compreniez...

— Pour l'amour de Dieu, Al ! » Leygraf commençait à perdre patience. « Qu'y a-t-il à comprendre ?

— Ceci. » Garrod ouvrit un placard et en sortit une plaque de verre assez épaisse, d'apparence ordinaire. « Du Thermgard. »

Il la porta jusqu'au bureau, où les deux ampoules brillaient à l'unisson, puis la posa verticalement sur le socle de façon telle qu'une seule ampoule fût visible au travers du morceau de verre.

« Comment se comportent les ampoules à présent ? demanda-t-il sans les regarder.

— Comment *pourraient-elles* se comporter, Al ? Vous n'avez pas touché au... Oh ! bon sang !

— Exactement ! » Garrod se pencha de côté et regarda les deux ampoules sous un angle qui était approximativement celui de Leygraf. L'ampoule située derrière la plaque restait toujours allumée pendant une seconde, mais se trouvait décrochée par rapport à l'autre. Il enleva la plaque de verre et les deux ampoules fonctionnèrent de nouveau à l'unisson. Puis il remit la plaque et les deux ampoules se trouvèrent une nouvelle fois déphasées.

« Je n'aurais jamais cru cela possible », admit Leygraf.

Garrod hocha la tête. « Vous vous souvenez, j'avais dit que le Thermgard n'avait pas le droit d'être transparent. Il se passe que la lumière elle-même éprouve quelques difficultés à le traverser — des difficultés telles qu'il lui faut près d'une seconde pour franchir un demi-pouce de ce matériau. C'est pour cela que les conducteurs de Stiletto ont été impliqués dans un nombre aussi élevé d'accidents ; c'est également pour cela que le pilote de l'Aurora a foncé droit sur le sol — ils n'étaient pas en phase avec leur environnement, Carl.

« *Ils voyaient le monde tel qu'il existait une seconde auparavant !*

— Mais comment se fait-il que cet effet prenne autant d'importance dans les virages ?

— Il aura également été présent dans d'autres circonstances, causant de mauvaises appréciations de la distance et de légers froissements de tôle sans importance entre véhicules roulant sur la même file. Dans ces cas, les vitesses relatives sont peu élevées et les conséquences ne sont pas très importantes. C'est seulement quand un conducteur cherche à traverser la file venant en sens inverse que les vitesses relatives sont élevées et les conséquences désastreuses.

— Mais que se passe-t-il au coin d'une rue ?

— Les vitesses sont peu élevées et le coin de la rue ne se précipite pas sur vous à près de 100 à l'heure. De plus, le conducteur regarde probablement par la vitre latérale et compense inconsciemment ce qu'il voit à travers le pare-brise ; mais, quand il traverse la file opposée de voitures, ses yeux sont exclusivement fixés sur le véhicule qui arrive en face et qu'il voit au travers de son pare-brise — et ses yeux reçoivent des informations inexactes. »

Leygraf se frotta le menton. « Je suppose que tout ceci s'applique également à l'aviation ?

— Oui. En ligne droite, le décalage n'est pas très important — songez que l'Aurora avait le ciel entier devant lui — mais un virage augmente les conséquences de ce phénomène.

— Comment cela ?

— Simple question de trigonométrie. Si un pilote se dirige sur une montagne située à cent kilomètres et s'il effectue un virage de deux degrés, la montagne déviera de... de... Allons, Carl, c'est vous le matheux.

— Ah... trois ou quatre kilomètres.

— C'est ce genre de chose qui donne au pilote de bonnes indications sur la précision de son cap — ou les corrections à apporter à celui-ci. Bien entendu, au moment où l'appareil doit redresser pour atterrir, s'il se trouve à cent mètres du sol et qu'il vole encore à plus de trois cents à l'heure... »

Leygraf réfléchit un instant. « Vous savez, vous allez peut-être avoir quelque chose de fantastique entre les mains si vous parvenez à développer ce matériau. Vous croyez que vous allez pouvoir retarder le déphasage de manière telle qu'il devienne tout à fait évident ?

— C'est ce que je vais essayer d'étudier », répondit Garrod.

« C'est donc là-dessus que tu travailles depuis plusieurs semaines ? » Esther Garrod regardait d'un air de doute le rectangle de cristal posé dans la main droite de son mari. « Cela ressemble à un morceau de verre tout à fait quelconque.

— Oui, mais ce n'est pourtant pas le cas. » Garrod prenait un malin plaisir à prolonger son attente. « C'est... du verre *lent.* » Il essaya de déchiffrer l'expression de son visage fin, comme taillé au diamant, et se refusa à y voir une quelconque note d'hostilité.

« Du verre lent... J'aimerais bien parvenir à comprendre ce qui t'est arrivé, Alban. Tu m'as dit au téléphone que tu allais m'apporter un morceau de verre de plus de trois millions de kilomètres d'épaisseur.

— C'est pourtant vrai, ce verre a *vraiment* plus de trois millions de kilomètres d'épaisseur — en ce qui concerne la lumière qui le traverse. » Garrod savait pertinemment qu'il présentait mal les choses, mais ne parvenait pas à se corriger. « En d'autres termes, disons que ce morceau de verre a près de onze secondes-lumière d'épaisseur. »

Les lèvres d'Esther bougèrent sans laisser passer le moindre son, puis elle se tourna vers la fenêtre au-delà de laquelle un hêtre unique resplendissait comme une torche dans les derniers rayons du soleil.

« Regarde, Esther », reprit Garrod d'une voix pressante. Il maintint le rectangle de cristal à l'aide de sa main gauche et enleva subitement sa main droite, sur laquelle il était posé. Esther regarda sa main et poussa un cri en voyant qu'une autre main droite subsistait toujours derrière le morceau de verre.

« Pardonne-moi, dit Garrod d'un air désemparé. C'est vraiment stupide de ma part. J'avais oublié le choc que l'on éprouvait à la première expérience. »

Esther regarda fixement le morceau de verre jusqu'à ce que la main s'anime d'elle-même et sorte d'un côté pour cesser d'exister. « Qu'as-tu fait ?

— Rien du tout, chérie. J'ai simplement tenu ma main derrière ce verre jusqu'au moment où son image, c'est-à-dire la lumière qu'elle réfléchit, a réussi à passer au travers. C'est un verre très spécial : la lumière met près de onze secondes à le traverser de sorte que l'image était encore visible onze secondes après que la main fut ôtée. Il n'y a aucune sorcellerie là-dedans. »

Esther secoua la tête. « Cela ne me plaît pas du tout. »

Garrod commençait à sentir le désespoir l'envahir. « Esther, tu vas être la toute première femme de l'histoire de l'Humanité à voir ton propre visage tel qu'il est vraiment. Je t'en prie, regarde ce verre. » Il plaça devant elle le cristal de forme rectangulaire.

« C'est ridicule. Je me suis déjà regardée dans des miroirs...

— Non, ce n'est pas ridicule — tu vas voir. Je t'ai dit qu'aucune femme n'avait vraiment jamais vu son visage parce que les miroirs renversent la droite et la gauche. Si tu avais un grain de beauté sur la joue gauche, la femme du miroir posséderait le même grain de beauté, mais sur la joue droite. Tandis qu'avec le verre lent... »

Garrod tourna le morceau de verre et Esther contempla son propre visage. Son image subsista pendant onze secondes, les lèvres remuèrent en silence, jusqu'à ce que la lumière ait fini de traverser la structure cristalline du matériau. Puis le visage disparut. Il attendit qu'elle lui dise quelque chose.

Elle eut un pâle sourire. « Est-ce que je suis censée devoir être impressionnée ?

— Franchement, oui.

— Je suis désolée, Alban. » Elle revint à la fenêtre afin de contempler la perspective des pelouses. Garrod regarda la silhouette de sa femme et remarqua à quel point ses bras s'écartaient de son corps, principalement à hauteur des coudes. Il avait appris en cours d'anthropologie que cette caractéristique différenciait la femme de l'homme, ce dernier étant censé posséder des bras droits et près du corps, mais son imagination lui dictait que cette attitude ne servait qu'à la rendre dominatrice et toujours prête à imposer sa volonté. Un étrange sentiment de colère prit alors naissance au plus profond de lui-même.

« Tu es désolée ! lança-t-il sèchement. Eh bien, moi aussi, je suis désolé — désolé que tu ne sois pas capable de comprendre ce que ce matériau signifiera pour nous et le reste du monde quand il sera parfaitement au point ! »

Elle se tourna vers lui. « Je ne voulais pas parler de cela ce soir, car nous sommes tous les deux fatigués, mais puisque c'est toi qui as commencé...

— Vas-y !

— J'ai discuté avec Mawson la semaine dernière, et il m'a dit que tu envisageais de consacrer plus d'un million de dollars pour la recherche et le développement de ton... verre lent. » Elle lui sourit d'un air attristé. « J'espère que tu te rends compte du ridicule de la chose.

— Je ne comprends pas ce que tu veux dire.

— Je ne comprends pas ce que tu veux dire, répéta-t-elle d'un air dédaigneux. Tu ne comprends donc pas qu'aucun... amusement de société ne vaut une telle somme ?

— Je suis navré pour toi, Esther.

— Il n'y a pas de quoi. » Sa voix se fit chaude et passionnée, et elle sortit de son jeu la carte maîtresse qui avait été souvent choisie pendant leurs deux années de mariage, mais jamais encore lancée sur la table. « Je crains de ne pouvoir te laisser faire des bêtises avec l'argent de mon père. »

Garrod prit une profonde inspiration. Cela faisait plusieurs jours qu'il appréhendait ce moment et pourtant, maintenant que le dénouement approchait, il se sentait pris d'une étrange exaltation à l'idée de devoir jouer enfin son rôle dans la pièce. « As-tu parlé à Mawson, ces deux derniers jours ?

— Non.

— Je le réprimanderai en ton nom — il ne fait pas très bien son travail d'espion. »

Esther le fixa durement, soudain sur ses gardes. « Que veux-tu dire par là ?

— Mawson aurait dû t'apprendre que j'avais déposé un certain nombre de brevets supplémentaires pour le Thermgard. J'ai fait cela en secret, bien entendu, mais il aurait cependant dû être au courant, et toi aussi par la même occasion.

— C'est tout ? Ecoute, Alban, ce n'est pas parce que tu as finalement réussi à gagner personnellement quelques dollars que...

— Cinq millions, rectifia Garrod d'une voix suave.

— *Quoi ?* » Le visage d'Esther avait perdu toute couleur.

« Cinq millions. J'ai remboursé ton père cet après-midi. » Garrod regarda sa femme ouvrir toute grande la bouche et une partie de son esprit remarqua que cette attitude — bouche ouverte, dents blanches, regard étonné — la rendait plus belle que jamais. « Il avait l'air presque aussi surpris que toi.

— Cela ne m'étonne pas. » Toujours prête à la discussion, Esther se ressaisit aussitôt. « Je ne comprends pas comment tu as réussi à gagner cinq millions de dollars avec un matériau pour pare-brise qui ne convient même pas à la fabrication de ceux-ci, mais c'est l'argent de mon père qui t'a servi de tremplin. N'oublie pas qu'il t'a prêté cette somme sans aucune garantie et avec le taux minimum d'intérêt. Une simple question d'honnêteté aurait voulu que tu lui proposes...

— De participer à mon entreprise ? Désolé, Esther — mais le Thermgard n'appartient qu'à moi seul.

— Cela ne te mènera nulle part, prophétisa-t-elle. Tu perdras jusqu'à ton dernier *cent*.

— Tu crois cela ? » Garrod se dirigea vers la fenêtre, tendit le cristal devant celle-ci, puis revint rapidement dans le coin le plus sombre de la pièce. Quand il se retourna vers Esther, elle eut un mouvement de recul et se mit à cligner des yeux. Garrod tenait dans ses mains toute la magnificence du soleil couchant.

DIGRESSION PREMIÈRE :

Lumière des jours enfuis...

Après avoir quitté le village, nous suivions les pentes puissantes de la route qui nous élevaient vers le pays du verre lent.

Je n'avais jamais encore vu de ces fermes et, tout d'abord, je les trouvai un peu insolites... effet qu'accentuaient encore mon imagination et les circonstances. La turbine de la voiture tirait en souplesse et en silence dans l'air humide, si bien qu'il nous semblait suivre les contours de la route sur les ailes d'une paix surnaturelle. A notre droite, la montagne s'écoulait en une vallée de pins sans âge, d'une incroyable perfection ; et partout se dressaient les grands cadres de verre lent, qui buvaient la lumière. De temps à autre, un éclat de soleil sur leurs tendeurs donnait l'illusion du mouvement, mais, en réalité, les lieux étaient déserts. Les rangées de fenêtres alignées au flanc de la hauteur contemplaient la vallée, depuis des années, et les hommes ne les nettoyaient qu'au milieu de la nuit, lorsque la présence humaine ne pouvait nuire en rien au verre assoiffé.

C'était fascinant, mais ni Selina ni moi ne parlions des fenêtres. Je pense que nous nous détestions au point de nous refuser à salir quoi que ce soit de nouveau en le mêlant à nos conflits émotionnels. Je commençais à comprendre que cette idée de vacances avait été une stupidité. Je m'étais dit que cela remettrait tout en place, mais naturellement cela n'empêchait pas Selina d'être enceinte et, pire encore, cela ne l'empêchait pas d'être furieuse parce qu'elle était enceinte.

Pour donner de mauvaises raisons à notre vive contrariété de la voir dans cet état, nous avions fait courir les bruits habituels, à savoir que nous aurions *bien aimé* avoir des enfants... mais plus tard, au bon moment. La grossesse de Selina nous avait coûté son emploi bien rémunéré, en même temps que la nouvelle maison pour laquelle nous étions en pourparlers et dont le prix dépassait largement les possibilités des revenus que me rapportait ma poésie. Mais la véritable origine de nos difficultés, c'est que nous nous trouvions confrontés avec le fait que les gens qui prétendent vouloir des enfants plus tard n'en veulent en réalité pas du tout. Nos nerfs vibraient de la certitude que nous aussi, qui nous croyions si différents, nous étions tombés dans le même piège biologique que n'importe quelle créature abêtie et fornicatrice qui eût jamais existé.

La route nous conduisit au long des pentes méridionales du Ben Cruachan, et nous finîmes par apercevoir de temps à autre l'Atlantique gris et lointain. J'avais réduit la vitesse pour mieux jouir du paysage, quand je remarquai l'écriteau cloué à un pilier de barrière. Il annonçait : VERRE LENT - *Haute qualité, bas prix — J. R. Hagan.* Sous l'impulsion du moment, je stoppai la voiture sur la berme, en faisant la grimace, car l'herbe drue fouettait durement la carrosserie.

« Pourquoi nous arrêtons-nous ? fit Selina, surprise, en tournant sa tête fine dont la chevelure était comme une fumée argentée.

— Regarde cet écriteau. Allons voir ce qu'ils ont. Peut-être que les prix sont raisonnables, par ici. »

La voix de Selina me signifia un refus méprisant par

son ton aigu, mais mon idée me séduisait trop pour que je lui prête attention. J'avais la conviction, sans fondement, que faire quelque chose d'extravagant, d'un peu fou, nous remettrait d'accord.

« Viens, lui dis-je. L'exercice nous fera peut-être du bien. Il y a, de toute façon, trop longtemps que nous roulons. »

Elle haussa les épaules d'une manière qui me fit mal et descendit enfin de la voiture. Nous nous engageâmes dans un sentier fait de degrés irréguliers en glaise tassée, maintenue par des tronçons de bois rond. Il serpentait entre les arbres qui tapissaient le bord de la colline. A son extrémité, il y avait une ferme basse. Derrière le petit bâtiment de pierre, de hauts châssis de verre lent contemplaient la vue écrasante du Cruachan qui dévalait lourdement jusqu'aux eaux du Loch Linnhe. La plupart des vitres étaient parfaitement transparentes, mais quelques-unes étaient sombres, comme des panneaux d'ébène poli.

Alors que nous approchions de la maison par une cour pavée bien propre, un homme d'âge moyen, de haute taille, vêtu de tweed couleur cendre, se leva pour nous faire signe d'avancer. Il était auparavant assis sur la murette de pierres sèches qui fermait la cour, à fumer sa pipe en contemplant la maison. A la fenêtre du cottage, une jeune femme en robe mandarine se tenait debout, un petit garçon dans les bras, mais elle se détourna sans s'intéresser à nous et disparut à notre arrivée.

« Mr. Hagan ? fis-je.

— Exact. Vous venez voir du verre, pas vrai ? Eh bien, vous avez choisi le bon endroit. » Hagan s'exprimait d'un ton net où transparaissait l'accent des Highlands, que l'oreille non exercée prend souvent pour de l'irlandais. Il avait un de ces visages calmes et burinés qu'on trouve chez les cantonniers et chez les philosophes âgés.

« Oui, dis-je, nous avons lu votre écriteau. Nous sommes en vacances. »

Selina, qui d'ordinaire est d'un naturel expansif

avec les inconnus, ne disait mot. Elle regardait vers la fenêtre maintenant déserte, avec une expression que j'estimai un rien intriguée.

« Vous venez de Londres, n'est-ce pas ? Eh bien, je le répète, vous avez choisi le bon coin... et le bon moment. Ma femme et moi ne voyons guère de monde, à cette époque de la saison. »

Je lâchai un petit rire. « Cela signifie-t-il que nous pourrions acheter un peu de verre sans devoir hypothéquer notre foyer ?

— Regardez-moi ça ! fit Hagan, avec un sourire désarmé. Voilà que j'ai perdu tout le bénéfice que je pouvais espérer de la transaction ! Rose — c'est ma femme — prétend que je ne saurai jamais. Néanmoins, asseyez-vous, qu'on en discute. » Il désignait la murette de pierres sèches, puis il lança un coup d'œil dubitatif à la jupe d'un bleu immaculé de Selina. « Attendez que j'aille prendre une couverture dans la maison. » Hagan partit vivement en boitillant et entra dans le cottage, dont il referma la porte sur lui.

« Peut-être n'était-ce pas une idée tellement formidable de venir ici, murmurai-je à Selina, mais tu pourrais au moins te montrer aimable envers lui. Je crois que je flaire une affaire.

— Bel espoir ! lança-t-elle avec une brutalité calculée. Sûrement que *même toi* tu as remarqué la vieille robe que porte sa femme ? Il ne fera pas grands cadeaux à des étrangers.

— C'était sa femme ? »

— Bien sûr, que c'était sa femme.

— Tiens, tiens, fis-je, surpris. De toute façon, tâche d'être polie avec lui. Je ne tiens pas à l'embarrasser. »

Sclina eut un petit reniflement méprisant, mais elle ébaucha un pâle sourire quand Hagan revint, et je me décontractai un peu. Bizarre comme on peut aimer une femme et pourtant prier en même temps le Ciel qu'il la fasse tomber sous un train !

Hagan disposa une couverture à carreaux sur la murette et nous nous assîmes, un peu intimidés de nous trouver transférés de notre vie de citadins en plein dans une scène champêtre. Sur l'ardoise lointaine du Loch, par-delà les cadres vigilants de verre lent, un vapeur voguait dans le calme, laissant un sillage blanc, en direction du sud. L'air entêtant de la montagne semblait envahir nos poumons et nous apporter plus d'oxygène qu'il ne nous en fallait.

« Il y a des fermiers de verre par ici, commença Hagan, qui débitent aux étrangers comme vous autres des boniments sur la beauté de l'automne dans cette partie d'Argyll. Ou aussi bien du printemps, ou de l'hiver. Moi pas... n'importe quel crétin sait qu'un endroit qui ne paraît pas beau en été ne l'est jamais. Qu'en pensez-vous ? »

J'acquiesçai aimablement de la tête.

« Je vous prie seulement de bien regarder dans la direction de Mull, Mr. ...

— Garland.

— ... Garland. C'est cela que vous achetez en achetant mon verre, et ce n'est jamais plus ravissant qu'en cet instant même. Le verre est parfaitement en phase, pas une vitre qui ait moins de dix ans d'épaisseur... et une fenêtre d'un mètre vingt vous coûtera deux cents livres.

— *Deux cents !* » Selina était scandalisée. « Mais c'est le prix qu'ils demandent chez *Scenedows,* en plein Bond Street ! »

Hagan sourit patiemment, puis m'examina pour voir si j'en savais assez sur le verre lent pour apprécier ce qu'il avait dit. Son prix était beaucoup plus élevé que je ne l'avais escompté... mais *dix ans d'épaisseur !* Le verre bon marché qu'on trouve dans les magasins comme Vistaplex et Pane-o-rama n'était guère qu'un demi-centimètre de vitre ordinaire recouverte d'un placage de verre lent, peut-être épais de dix à douze mois tout au plus.

« Tu ne comprends pas, chérie, dis-je, déjà décidé à conclure le marché. Ce verre durera dix ans, et il est en phase.

— Cela ne signifie-t-il pas seulement qu'il suit le cours des heures ? »

Hagan lui sourit de nouveau, se rendant compte que pour moi le procès était fait. « *Seulement,* dites-vous ! Je vous demande pardon, Mrs. Garland, mais vous ne paraissez pas saisir le miracle, le véritable et authentique miracle de précision mécanique qu'il faut pour fabriquer un morceau de verre en phase. Quand je dis que le verre a dix ans d'épaisseur, cela signifie qu'il faut à la lumière dix ans pour le traverser. En fait, chacune de ces vitres a dix années-lumière d'épaisseur — plus de deux fois la distance d'ici à l'étoile la plus proche — si bien qu'une différence en épaisseur réelle d'un millionième de centimètre seulement équivaudrait... »

Il se tut un moment pour contempler paisiblement la maison. Je me détournai de la vue du Loch et vis la jeune femme de nouveau debout derrière la croisée. Les yeux de Hagan étaient chargés d'une sorte d'adoration avide qui me mit mal à l'aise en même temps qu'elle me persuadait que Selina s'était trompée. A ma connaissance, jamais les maris ne regardaient ainsi les épouses... du moins, pas les leurs.

La femme resta en vue quelques secondes, sa robe rayonnant d'une teinte chaude, puis elle recula dans la pièce. J'eus soudain l'impression nette, bien qu'inexplicable, qu'elle était aveugle. J'avais le sentiment que Selina et moi nous étions peut-être fourvoyés dans un complexe d'émotions au moins aussi violent que le nôtre.

« Je vous demande pardon, poursuivit Hagan, je croyais que Rose allait m'appeler. Voyons, où en étions-nous, Mrs. Garland ? Dix années-lumière comprimées en un centimètre d'épaisseur, cela veut dire... »

Je cessai d'écouter, en partie parce que j'étais déjà décidé, en partie parce que j'avais souvent entendu l'histoire du verre lent et n'en avais pas encore compris les principes. Une de mes relations, qui avait une formation scientifique, avait une fois tenté de me les faire comprendre en me disant d'imaginer une vitre de verre lent comme un hologramme qui n'avait pas besoin de la lumière cohérente d'un laser pour reconstituer ses renseignements visuels, et dans lequel tout photon de lumière ordinaire passait à travers un conduit spiralé enroulé à l'extérieur du rayon de captation de chacun des atomes du verre. Cette merveille de ce qui n'était pour moi que pur jargon ne m'avait non seulement rien apporté de neuf, mais elle m'avait renforcé dans ma conviction qu'un esprit aussi peu technique que le mien devait s'intéresser moins aux causes qu'aux effets.

Aux yeux de l'individu moyen, l'effet le plus important, c'était que la lumière mettait longtemps à traverser une feuille de verre lent. Les vitres neuves étaient toujours d'un noir de jais parce que rien ne les avait encore traversées, mais on pouvait dresser la vitre près d'un lac dans la forêt, par exemple, et le paysage émergeait peut-être au bout d'un an. Si l'on transportait alors le verre pour l'installer dans un triste appartement citadin, l'appartement paraîtrait — pendant l'année suivante — dominer le lac et son milieu forestier. Durant cette année, ce ne serait pas seulement une image exacte et immobile... mais l'eau ondulerait sous le soleil, les animaux silencieux viendraient y boire, les oiseaux sillonneraient le ciel, la nuit succéderait au jour, les saisons suivraient les saisons. Jusqu'à ce qu'un jour — au bout d'un an — la beauté renfermée dans les conduits subatomiques soit épuisée et que reparaisse le sempiternel paysage urbain dans sa grisaille.

En dehors de son intérêt phénoménal en tant que nouveauté, le succès commercial du verre lent se fondait sur le fait que disposer d'un tel panorama était, sur le plan émotif, l'équivalent de la possession des terres. L'habitant du plus humble taudis sans lumière pouvait ainsi contempler des parcs embrumés... et qui aurait pu affirmer qu'ils ne lui appartenaient pas ? L'homme qui possède réellement des terres et des jardins bien entretenus ne passe pas son temps à se le prouver en rampant par terre, pour tâter, respirer et goûter son bien. Tout ce qu'il reçoit de sa propriété, ce sont des images lumineuses, et, grâce aux châssis de verre lent, on pouvait transporter ces images même dans les mines de charbon, à bord des sous-marins ou dans les cellules pénitentiaires.

En diverses occasions j'avais tenté d'écrire de brefs poèmes sur ce cristal enchanté, mais, pour moi, le thème en est si indiciblement poétique qu'il se trouve paradoxalement hors de portée de la poésie... de la mienne en tout cas. De plus, les meilleures chansons et poésies avaient déjà été écrites, sous une inspiration de voyants, par des hommes qui étaient morts bien avant la découverte du verre lent. Par exemple, je n'avais aucun espoir d'égaler les mots de Moore :

Souvent dans la nuit tranquille,
Avant que le sommeil m'enchaîne à ses liens,
Le Souvenir chéri apporte la lumière
Des jours enfuis autour de moi...

Il avait suffi de quelques années pour que le verre lent passe de l'état de curiosité scientifique à celui d'industrie florissante. Et, au grand étonnement de nous autres, poètes — ceux d'entre nous qui restent persuadés que la beauté survit même si meurent les lis — les manifestations de cette industrie ne différaient en rien des entreprises habituelles. Il y avait de bons *scenedows,* qui coûtaient très cher, et il y en avait d'inférieurs, qui coûtaient nettement moins. L'épaisseur — mesurée en années — était un facteur important du prix, mais il y avait en outre la question de l'épaisseur *réelle,* ou phase.

Même avec les méthodes de fabrication les plus perfectionnées, le contrôle de l'épaisseur était tant soit peu livré au hasard. Une grosse erreur pouvait signifier qu'un panneau prévu pour une épaisseur de cinq ans en aurait peut-être cinq et demi, si bien que la lumière qui y aurait pénétré en été en ressortirait en hiver ; une légère erreur pouvait faire jaillir le soleil de midi à minuit. Ces inexactitudes avaient leur charme particulier — nombre de travailleurs de nuit, par exemple, aimaient bien disposer ainsi de leurs heures de prédilection — mais, en général, il était plus coûteux d'acheter des *scenedows* qui restaient étroitement fidèles au temps réel.

Selina ne semblait toujours pas convaincue quand Hagan eut fini de parler. Elle secoua la tête, d'un geste presque imperceptible, et je compris qu'il s'y était mal pris. Très soudainement, son casque de cheveux couleur d'étain fut dérangé par un souffle de vent, froid, et d'énormes gouttes de pluie bien propre tombèrent autour de nous, d'un ciel à peu près dépourvu de nuages.

« Je vous fais un chèque tout de suite », dis-je sans plus attendre, et les yeux verts de Selina pointèrent sur moi, lourds de colère. « Vous voudrez bien prendre les dispositions voulues pour la livraison ?

— D'accord. La livraison ne soulève pas de difficultés, dit Hagan en se levant. Mais ne préféreriez-vous pas emporter le verre vous-mêmes ?

— Eh bien... oui, si cela ne vous ennuie pas. » J'étais confus devant la confiance qu'il accordait à ma signature.

« Je vais détacher une vitre pour vous. Attendez-moi ici. Il ne me faudra pas longtemps pour vous l'emballer dans un cadre de transport. » Hagan partit en boitillant sur la pente en direction des rangées de fenêtres, au travers certaines desquelles la vue du Linnhe était ensoleillée, alors qu'elle était nuageuse au travers d'autres. Quelques-unes encore étaient d'un noir profond.

Selina remonta le col de son corsage autour de son cou. « Il aurait pu au moins nous inviter à entrer chez lui. Il ne doit pas y avoir tellement d'imbéciles qui passent par ici pour qu'il se permette de les traiter aussi mal. »

Je m'efforçai de ne pas faire attention au qualificatif et me concentrai sur la rédaction du chèque. Une grosse goutte tomba sur le dos de ma main, éclaboussant le papier rose.

« Très bien, dis-je. Allons sous l'avant-toit en attendant son retour. » *Espèce de garce,* songeais-je, en me rendant compte que tout cela tournait au vinaigre. *Il fallait en effet que je sois un fameux imbécile pour t'épouser. Un imbécile de première, le roi ! Et maintenant que tu as pris à ton piège une partie de moi-même, jamais,* jamais, *jamais plus je ne parviendrai à me détacher de toi.*

L'estomac douloureusement contracté, je courus derrière Selina jusqu'au mur du cottage. Derrière la croisée, le salon bien propre, avec son feu de charbon, était désert, mais les jouets de l'enfant étaient éparpillés sur le plancher. Des cubes portant des lettres de l'alphabet, et une brouette ayant la même couleur que des carottes fraîchement grattées. Tandis que je regardais, le garçonnet arriva en courant de la pièce voisine et se mit à donner des coups de pied dans les cubes. Il ne me vit pas. Quelques instants plus tard, la jeune femme entra et le prit dans ses bras, avec un rire clair et joyeux. Elle vint à la fenêtre comme elle l'avait fait précédemment. J'ébauchai un sourire contraint, mais ni elle ni l'enfant ne me le rendirent.

Une sueur froide me coula sur le front. *Se pouvait-il qu'ils fussent tous les deux aveugles ?* Je m'écartai sur le côté.

Selina poussa un petit cri et je pivotai vers elle.

« La couverture ! montra-t-elle. Elle va être trempée. »

Elle traversa la cour à toute vitesse, sous la pluie, arracha l'étoffe rougeâtre de la murette et revint, toujours courant, vers la porte de la maison. Quelque chose protesta convulsivement dans mon subconscient.

« Selina ! m'écriai-je. N'ouvre pas ! »

Mais il était trop tard. Elle avait poussé le battant de bois et restait, la main devant la bouche, à regarder l'intérieur du cottage. Je m'approchai et retirai la couverture de ses doigts sans force.

En refermant la porte, je portai les yeux sur l'intérieur de la maison. Le salon bien propre où je venais juste de voir la femme et l'enfant n'était en réalité qu'un ramassis écœurant de vieux meubles, de vieux journaux, de vêtements usés et de vaisselle sale. Il était humide, puant, totalement abandonné. Le seul objet que je reconnus de ma vision à travers la croisée était la petite brouette, brisée, la peinture écaillée.

Je refermai solidement la porte en m'ordonnant d'oublier ce que je venais de voir. Il y a des hommes qui vivent seuls et savent tenir leur ménage ; d'autres en sont incapables.

Selina avait le visage livide. « Je ne comprends pas. Je ne comprends pas.

— Le verre lent fonctionne dans les deux sens, lui dis-je d'une voix douce. La lumière sort d'une maison aussi bien qu'elle y pénètre.

— Tu veux dire ?...

— Je ne sais pas. Cela ne nous regarde pas. Maintenant, calme-toi... voilà Hagan qui revient avec notre verre. » Le tumulte de mon estomac commençait à s'apaiser.

Hagan arriva dans la cour, porteur d'un cadre rectangulaire recouvert de plastique. Je lui tendis le chèque, mais c'était le visage de Selina qu'il regardait. Il parut savoir instantanément que nos doigts indiscrets avaient fouillé son âme. Selina détourna les yeux. Elle paraissait malade et plus vieille, et ses yeux fixaient obstinément l'horizon.

« Je vais vous débarrasser de cette couverture, Mrs. Garland, finit par dire Hagan. Vous n'auriez pas dû vous en soucier.

— Ce n'est rien. Voici votre chèque.

— Je vous remercie. » Il continuait à examiner Selina d'un air étrangement suppliant. « Je suis très heureux d'avoir fait affaire avec vous.

— Tout le plaisir est pour moi », dis-je avec le même formalisme dépourvu de toute signification. J'empoignai le lourd cadre et guidai Selina vers le sentier qui menait à la route. Comme nous arrivions en haut des degrés devenus glissants, Hagan appela.

« Mr. Garland ! »

Je me retournai à contrecœur.

« Ce n'était pas ma faute, dit-il d'une voix ferme. Un chauffard les a tués tous les deux sur la route d'Oban, il y a six ans. Mon garçon n'avait que sept ans quand c'est arrivé. J'ai bien le droit de conserver quelque chose. »

J'approuvai de la tête, sans rien dire, et repris ma marche, serrant ma femme contre moi, savourant la joie d'être enlacé de ses bras. Au détour du sentier, je jetai un coup d'œil en arrière à travers la pluie et vis Hagan assis, les épaules relevées, à l'endroit même où il était quand nous l'avions vu pour la première fois.

Il regardait la maison, mais je serais incapable de dire s'il y avait quelqu'un à la fenêtre.

CHAPITRE III

Garrod avait un important rendez-vous au Pentagone prévu pour le matin même du onzième anniversaire de son mariage. Il désirait être dans la meilleure forme possible et avait donc décidé de s'envoler pour Washington le soir précédent. Esther objecta, pour la forme, qu'il devait faire au moins une apparition afin de ne pas froisser les gens qu'elle avait invités à dîner, mais il s'attendait à ce genre d'obligation et se débarrassa facilement de la corvée. Son avion personnel quitta Portston à dix-neuf heures, dépassa la vitesse du son quelques minutes plus tard et se dirigea vers l'est pendant quatre-vingt-dix minutes, à une altitude de cinquante mille pieds.

Cette montée en flèche jusqu'à l'altitude de croisière comblait toujours Garrod de joie — il lui était arrivé de calculer que, si une personne, volant elle aussi à cinquante mille pieds au-dessus du terrain d'aviation, s'avisait de laisser tomber un caillou, son avion personnel pourrait décoller au même instant et se trouver à la hauteur de l'importun avant même que la pierre ne touche la piste. Il détacha sa ceinture, regarda les amas de nuages éclairés de soleil au travers des hublots de Thermgard à retard-zéro, puis se demanda ce qu'il devait faire au sujet d'Esther.

Neuf années s'étaient écoulées depuis le jour où les rôles avaient été renversés et que le malheureux petit ingénieur chimiste dont les affaires auraient périclité sans un apport d'argent de la part des Livingstone s'était brutalement transformé en un milliardaire indépendant capable de racheter tous les biens de la famille de sa femme. Ces années lui avaient apporté de grandes satisfactions à bien des points de vue et pourtant — chose incroyable — il éprouvait toujours une certaine nostalgie en pensant aux premiers temps de son mariage.

Ses relations avec Esther avaient été sérieusement détériorées par le besoin constant qu'elle avait de ne voir en lui qu'une propriété privée, mais cela avait toutefois constitué une réalité de la vie. Le lien très fort qui existait entre eux avait, par nature même, étrangement compensé son incapacité à lui à connaître l'amour véritable, la jalousie ou le sentiment de possession — trois choses qu'Esther avait exigé qu'il montre à son égard. Tandis qu'à présent elle ne demandait plus rien. On eût dit qu'un profond sentiment d'insécurité l'empêchait d'établir un rappport quelconque, à moins qu'elle ne possédât de tels atouts qu'il lui permettraient de faire face à quelque conséquence imprévue que ce fût. Depuis le jour où il avait acquis son indépendance financière par rapport à sa femme, ils se comportaient comme les deux éléments d'une étoile double — liés l'un à l'autre, s'influençant mutuellement, mais ne se réunissant jamais. Garrod avait bien envisagé la solution du divorce, mais ni les inconvénients de son existence actuelle ni l'attirance par un autre mode de vie n'avaient pesé assez lourd pour qu'il mette son projet à exécution.

Comme à l'accoutumée, le simple fait d'essayer de réfléchir d'une manière constructive à sa vie sentimentale — ou plutôt à l'absence de celle-ci — ne parvint qu'à l'emplir d'impatience. Il ouvrit sa serviette afin de préparer son rendez-vous, et hésita en voyant les dossiers confidentiels marqués d'une étiquette rouge.

SECRET ! CE DOSSIER NE DOIT ÊTRE OUVERT QUE DANS UN ENVIRONNEMENT AUTORISÉ, SOUS LUMIÈRE-ZÉRO OU SOUS LE COUVERT D'UN CAPUCHON DE SÉCURITÉ OFFICIEL DE TYPE U.S. 183.

Garrod hésita un instant. Son capuchon de sécurité était soigneusement rangé à l'intérieur de sa serviette, mais l'idée de devoir déployer cet objet en forme de ruche et de l'adapter sur le bandeau frontal muni de la petite lampe lui parut tout à coup terriblement ennuyeuse. Il parcourut du regard l'intérieur de l'appareil en se demandant s'il pouvait se permettre de travailler à découvert, et comprit qu'il était en train de se leurrer en espérant pouvoir repérer un œil de verre. Le verre lent — qui portait à présent le nom officiel de Retardite — avait remplacé les appareils photos pour tout ce qui concernait l'espionnage. Certains agents avaient merveilleusement réussi en introduisant de minuscules pointes de verre dans les pores de leur peau, les rendant alors tout à fait semblables à des points noirs. De retour à sa base, l'agent n'avait plus qu'à extraire l'aiguille de verre, qui grâce à un système de grossissement, révélait tout ce qu'elle avait « vu » pendant sa période d'exposition. Le premier venu, même le pilote privé de Garrod, aurait pu enfoncer une aiguille de verre lent dans le tissu recouvrant le plafond de la cabine, et Garrod n'aurait aucune chance de la découvrir. Il referma sa serviette et décida de se reposer un peu.

« Je vais faire un somme, Lou, dit-il dans l'interphone. Réveillez-moi un quart d'heure avant l'atterrissage. D'accord ?

— D'accord, Mr. Garrod. »

Garrod amena son siège à l'horizontale et ferma les

yeux, sans grand espoir de parvenir à s'endormir, mais la première chose qu'il réussit à percevoir fut les paroles du pilote lui annonçant qu'ils allaient atterrir. Il se dirigea vers les toilettes afin de se rafraîchir. Son visage ouvert, presque émacié, eut dans le miroir un sourire triste ; il constatait par là, une fois de plus, que cette habitude de laver ses mains et son visage avant de rencontrer des gens étaient l'héritage d'une enfance passée en compagnie — ne soyons pas trop méchants — d'un oncle et d'une tante à forte personnalité. L'incroyable refus de l'Oncle Luke à dépenser la plus petite somme d'argent avait laissé certains souvenirs cuisants à Garrod, mais c'était la Tante Marge qui l'avait marqué le plus profondément. Elle avait été institutrice et sa phobie de la poussière et des microbes était si morbide qu'elle ne ramassait jamais les crayons qu'elle laissait tomber — un élève devait les ramasser, les briser en plusieurs morceaux et les jeter dans la poubelle. De plus, elle ne touchait jamais une poignée de porte de ses mains nues et, si la poignée se trouvait être d'un type qu'elle ne pouvait ouvrir avec le coude, elle attendait parfois très longtemps avant que quelqu'un ne passe et la lui ouvre. Elle avait transmis à Garrod une délicatesse exagérée et, même adulte, il se sentait contraint de se laver les mains *avant* d'aller aux toilettes, afin d'empêcher que les microbes n'entrent en contact avec lui.

Il se cala à nouveau dans son siège avant que le petit jet ne se pose sur la piste, à Washington. L'air frais de la nuit fouettait son visage et il ressentit le désir inaccoutumé de partir à pied, mais une limousine l'attendait au bas des marches, commandée par son secrétaire particulier, et il décida de ne pas aller à l'encontre de ce qui avait été prévu. Trente minutes plus tard, il arriva à l'hôtel et s'installa dans sa suite. Il avait pensé se coucher assez tôt mais le petit somme qu'il avait fait en avion, sans parler du temps qu'il avait gagné en volant vers l'est à une vitesse supersonique, rendait assez ridicule le projet de se mettre au lit à cette heure-ci.

Irrité par son incapacité à se reposer, il ouvrit sa serviette puis sortit et installa son capuchon de sécurité. Assis sur une chaise au centre de cette ruche sombre, il commença de parcourir ses dossiers à la lueur de la lampe qui était fixée sur son front. Il était incroyablement difficile de consulter des documents dans un environnement aussi étriqué — de plus, certains papiers étaient constitués des minutes d'une précédente assemblée qu'il avait oublié de retranscrire en écriture courante. Le sujet en était la fourniture d'une série de disques de Retardite à retards variables devant servir à un système de satellites de surveillance ; il y avait évidemment de nombreux problèmes techniques à résoudre concernant l'accroissement calculé des retards les uns par rapport aux autres et les avantages importants que l'on obtiendrait en construisant de nombreux disques séparés, chacun d'entre eux ayant une durée d'utilisation strictement limitée dans le temps, et que l'on monterait en série pour constituer un retard total important, disques qui pourraient revenir sur Terre et être dissociés pour étude en n'importe quel point de l'assemblage.

Garrod resta assis pendant une heure environ, faisant courir ses doigts sur les caractères de sténo Braille et espérant que la réunion qui aurait lieu le lendemain matin au Pentagone se tiendrait dans l'une des plus modernes salles à « environnement autorisé ». Les deux dernières séances de discussion avaient eu lieu dans les vieilles salles à lumière-zéro et avaient ressemblé à de sombres éternités pleines de voix impersonnelles, de froissements de papiers et du cliquetis incessant des machines de sténo Braille. La hantise de Garrod était que quelqu'un fût capable d'inventer un système d'enregistrement aussi efficace pour les sons que la Retardite l'était pour la lumière, ce qui obligerait les réunions privées à se tenir, non seulement dans le noir, mais aussi dans le silence le plus complet !

Il avait envisagé de laisser ses notes de côté quand le vibreur d'appel du vidéophone mural se mit à bourdonner. Heureux de pouvoir sortir de son capuchon, il referma sa serviette et se dirigea vers l'écran pour prendre la communication. L'image d'une fille aux cheveux sombres apparut devant lui. Elle avait des yeux gris, un visage ovale et mat et des lèvres au fard argenté. Elle possédait un visage que Garrod aurait pu voir en rêve de nombreuses années auparavant. Il la regarda un instant et essaya d'analyser les émotions qu'il ressentait — mais il ne put en découvrir qu'une seule composante : il se sentait comme *privilégié* par le seul fait d'avoir le droit de la regarder ainsi. Il lui vint même à l'esprit qu'un homme devrait facilement avoir envie de garder une femme aussi belle des années durant, une vie entière peut-être, et cela justement parce qu'il n'avait jamais rencontré son type idéal et ne pouvait, de ce fait, que juger d'après les canons des autres. Mais s'il rencontrait un jour celle qu'il avait toujours désirée, tout devait changer, et aucune autre femme ne pourrait alors plus jamais être considérée comme parfaite. Cette fille avait la bouche sensuelle des héroïnes de bandes dessinées que rehaussait pourtant une subtile touche orientale, peut-être même une certaine cruauté...

« Mr. Garrod ? » Sa voix était agréable à entendre mais tout à fait impersonnelle. « Je suis désolée de vous déranger à une heure aussi tardive.

— Vous ne me dérangez pas », protesta Garrod. *Pas comme tu le penses, en tout cas,* ajouta-t-il en son for intérieur.

« Je m'appelle Jane Wason et je travaille pour le ministère de la Défense.

— Je ne vous y ai jamais vue. »

Elle se mit à sourire, découvrant des dents blanches et bien rangées. « Je suis à l'arrière-plan, au secrétariat.

— Ah ? Eh bien, qu'est-ce qui vous amène au premier plan ?

— J'ai appelé votre bureau de Portston et ils m'ont dit que je pourrais vous joindre à ce numéro. Le colonel Mannheim vous fait toutes ses excuses, mais il ne sera pas en mesure de vous recevoir demain matin.

— C'est dommage. » Garrod s'efforça de paraître déçu. « Que diriez-vous de dîner avec moi, ce soir ? »

Excepté le fait que ses yeux s'ouvrirent légèrement, la fille ne réagit pas à sa question. « Le colonel a dû partir pour New York ce soir, mais il sera de retour demain matin. Pourriez-vous repousser votre rendez-vous à trois heures de l'après-midi ?

— Je le pourrais — mais cela veut dire que je vais passer la matinée seul à Washington. Voulez-vous déjeuner avec moi ? »

Les joues de Jane Wason commençaient à s'empourprer. « A trois heures, alors.

— Ce n'est pas un peu tard pour déjeuner ? C'est justement à cette heure-là que je dois rencontrer le colonel.

— Je vous confirmais simplement votre nouveau rendez-vous avec le colonel Mannheim », dit-elle d'une voix ferme. L'écran s'éteignit une seconde plus tard.

« C'est plutôt raté », soupira Garrod à voix haute, surpris de ce qui venait de lui arriver. Même quand il était adolescent, il savait qu'il n'était pas du tout le genre de garçon à rencontrer un succès immédiat ; pourtant, cette fille avait bousculé l'idée qu'il avait de lui-même. Il avait été convaincu qu'elle lui aurait répondu d'une manière plus sympathique, et maintenant — il devait l'admettre — il était cruellement déçu. Déçu parce qu'une fille étrange aux lèvres argentées ne l'avait pas regardé et n'avait pas développé le syndrome de la « soirée enchanteresse ». Sur une ligne de vidéophone embouteillée. Il secoua la tête d'un air ébahi et se dirigea vers la salle de bains afin de prendre une douche avant de dîner. Il était déjà en train d'enlever son pantalon quand son regard se posa sur la petite note placardée à côté de la douche.

La Direction a pris toutes les précautions possibles pour s'assurer qu'aucun objet fait de Retardite, de

Spyglass ou de toute autre substance semblable ne subsiste dans les chambres. Toutefois, les clients souhaitant obtenir une lumière-zéro trouveront des interrupteurs verts aux endroits appropriés.

Garrod avait entendu dire que cette tendance se développait dans les grandes villes, mais c'était la première fois qu'il avait la preuve d'une réaction du public face au verre lent. Il haussa les épaules, trouva un interrupteur vert à côté de la douche et tira sur la cordelette. La pièce fut aussitôt plongée dans le noir et la seule luminosité qui subsista fut celle émise par la cordelette de l'interrupteur. Il se dit que prendre une douche dans de telles conditions équivalait à se noyer et rétablit la lumière ; puis il acheva de se déshabiller, pénétra dans la cabine de douche et remarqua alors un petit objet noir brillant posé sur le carrelage, dans un coin. Il le ramassa afin de mieux l'examiner : on eût dit une perle ou un bouton de robe de femme, mais quelque chose le poussa à le jeter aussitôt dans la bonde de la douche.

CHAPITRE IV

Au grand soulagement de Garrod, la réunion fut brève et eut lieu dans l'une des plus modernes salles à « environnement autorisé », une pièce que le Pentagone considérait comme étant suffisamment testée contre les yeux de verre pour que l'on puisse y tenir d'importantes conférences. En pratique, cela signifiait que les murs, le plancher et le plafond avaient été recouverts de plastique liquide à prise instantanée, sous contrôle officiel, et quelques minutes seulement avant le début de la réunion. Le même traitement s'appliquait également aux tables et aux chaises, ce qui les faisait ressembler à des meubles d'enfants.

Une riche odeur de plastique frais avait subsisté pendant toute la réunion ; quand celle-ci fut terminée, Garrod s'attarda devant la porte afin d'aborder le colonel Mannheim aussi naturellement que possible, mais sans pouvoir se débarrasser de la gêne qu'il éprouvait au fond de lui-même.

« C'est une bonne idée, dit-il tout en promenant son regard sur les murs luisants, mais il y a cependant un inconvénient. Cette pièce va rétrécir sans cesse et, un beau jour, il ne sera plus possible d'y pénétrer.

— Qu'est-ce que cela peut faire ? » Mannheim était bien conservé pour son âge — une cinquantaine d'années — et il avait des yeux clairs et une peau hâlée qui faisaient penser qu'il s'adonnait volontiers aux sports de plein air. « Vous ne croyez pas qu'il y a trop de pièces inutilisées, dans ce foutu machin ?

— C'est aussi mon impression. J'accepterais bien une petite... » Garrod afficha sur son visage ce qu'il espérait bien être un masque d'étonnement soudain. « Mais, j'y pense, vous savez que je n'ai jamais visité votre Centre de Recherches sur les Applications de la Retardite à... à...

— Macon, en Georgie.

— C'est cela. »

Mannheim le regarda d'un air dubitatif. « J'en viens justement, Al, et je ne pense pas y retourner avant au moins une semaine.

— C'est dommage — j'ai toute la journée de libre mais il faut que je sois à Portston demain matin.

— Bien sûr... » Mannheim s'arrêta de parler pendant une éternité. « En fait, je n'ai pas vraiment besoin d'aller avec vous, bien qu'il y ait un truc ou deux que j'aimerais vous montrer personnellement — après tout, c'est vous qui avez inventé ce matériau.

— Découvert serait peut-être plus juste, rectifia Garrod. Puisque vous n'avez pas le temps de venir avec moi, pourquoi ne me remettriez-vous pas entre les mains d'une personne compétente ? J'aimerais *vraiment* visiter votre installation. » Garrod paraissait réellement désireux d'aller à Macon.

« J'ai une idée ! Le jeune Chris Zitron s'occupera de vous. C'est lui le grand responsable de la recherche, et je crois que cela lui fera plaisir de vous rencontrer. Je vais l'appeler au vidéophone. »

Garrod resta derrière Mannheim pendant que celui-ci appelait le Centre de Recherches de Macon et ses yeux ne purent se détacher de l'écran. Trois femmes apparurent brièvement pendant la mise au point du rendez-vous, mais aucune d'entre elles n'était Jane Wason. A la déception de Garrod vint s'ajouter le choc brutal de la révélation quand il comprit ce qu'il était en train de faire. Sa façon d'agir était en tout point semblable à celle des autres hommes quand ils se trouvent sous l'empire d'une femme mais, contrairement à eux, il ne ressentait nullement l'ivresse mystique qui était censée accompagner une telle expérience. Il n'y avait là rien d'autre qu'un désir gênant et obstiné de voir la fille en personne.

Quand les modalités du rendez-vous eurent été fixées et que Mannheim se fut éloigné, Garrod pénétra dans la cabine du vidéo, appela son pilote à Dulles et lui dit de dresser un nouveau plan de vol pour Macon. Il monta ensuite à la terrasse et prit un hélijet du ministère de la Défense qui l'emporta vers l'aéroport mais, étant donné l'intense circulation aérienne qui régnait dans le ciel de Dulles, il était plus de quatre heures quand son jet particulier parvint à s'élever au-dessus de la brume. Rien ne garantissait qu'ils arriveraient à Macon avant le départ des employés — et, dans ce cas, le voyage aurait été inutile.

Garrod appela dans l'interphone. « Je suis pressé, Lou. Allez au maximum.

— Nous devons voler à vingt mille pieds dans ce couloir, Mr. Garrod. Et puis, les parasons ne sont pas très efficaces à cette altitude.

— Je m'en fiche.

— La surveillance aérienne va nous tomber dessus. Et puis, il y a sûrement d'autres appareils dans le même...

— J'en prends l'entière responsabilité, Lou. Allez-y ! »

Garrod se cala dans son siège et se laissa écraser par l'accélération quand le petit jet dépassa la vitesse du son, rejetant la plus grande partie de l'onde de choc vers la stratosphère. Il ne fallut que trente-deux minutes du décollage à l'atterrissage pour parcourir près de mille kilomètres, et Garrod quitta l'appareil avant même qu'il se fût complètement arrêté sur la piste.

« La batterie d'ordinateurs de la S.A, n'a pas cessé de nous interroger pendant tout le trajet, Mr. Garrod. » Encadré d'une barbe rousse, le visage de Lou Nash montrait sa désapprobation tandis qu'il parlait à Garrod par le panneau de secours. « Ils ont dû dérouter deux avions-cargos qui se trouvaient sur notre chemin.

— Ne vous en faites pas, Lou, je vais m'en occuper. » Une partie de son esprit lui disait qu'il avait commis une grave faute de conduite et que cet incident aurait peut-être de sérieuses conséquences, même pour un homme aussi important que lui ; mais l'autre partie lui montrait qu'il était incapable de s'en soucier le moins du monde. *C'est donc cela ?* se demanda-t-il avec nervosité tout en regardant la voiture militaire s'avancer à sa rencontre depuis un groupe de petits bâtiments de couleur sable. *Eh bien, j'ai eu raison de m'en aller avant.*

Le lieutenant-colonel Chris Zitron se révéla être un homme jeune, au visage mince, aux doigts noueux et au bavardage incessant. Sans aucun préambule, il commença de parler de son travail sur les applications du verre lent, expliquant dans le détail les systèmes à image double — l'une étant transmise par un verre ordinaire et l'autre, par la Retardite légèrement déphasée. Ces systèmes devaient servir à déterminer des vitesses balistiques, à guider les missiles air-sol et à visionner le terrain pour les appareils volant à grande vitesse mais à basse altitude. Garrod se laissa emporter par ce torrent verbal, posant une question de temps à autre pour montrer que son attention ne s'était pas relâchée ; mais il ne cessait de surveiller du regard les bureaux administratifs à façades de verre.

Toutes les fois qu'il apercevait une secrétaire brune, il se sentait pris de panique, mais ce sentiment se transformait bientôt en déception quand le visage s'avérait ne pas être le bon. Il se sentit quelque peu attristé par le fait qu'une fille qu'il considérait comme unique puisse, en fait, présenter un si grand nombre d'exemplaires ressemblants (ou presque).

« Je ne sais pas comment John Mannheim s'arrange pour s'occuper de trois projets à la fois, dit-il pendant l'un des rares silences de Zitron. Est-ce qu'il y a un bureau permanent dans ce Centre de Recherches ?

— Non. Le colonel dirige tout depuis le Centre Administratif principal. » Zitron tendit la main vers un bâtiment à deux étages dont les fenêtres resplendissaient comme du cuivre au soleil couchant. Garrod regarda attentivement le bâtiment et vit un flot incessant d'hommes et de femmes entrer et sortir par la porte principale. Les voitures jetaient des reflets brillants, semblables à des carapaces d'insectes, tandis qu'ils sortaient du parking.

« A quelle heure cesse le travail ? J'espère que je ne vous retiens pas trop tard. »

Zitron se mit à rire. « Je travaille normalement jusqu'à ce que ma femme envoie quelqu'un à ma recherche. Mais la plupart des services terminent à cinq heures et quart. »

Garrod regarda sa montre. Il était cinq heures et quart. « Vous savez, je m'intéresse de plus en plus à l'influence que peut avoir une bonne équipe administrative sur les Unités de Recherche et de Développement. Cela ne vous gêne pas de m'emmener faire un tour dans les bureaux ?

— Pas le moins du monde. » Zitron était quelque peu étonné mais lui montra le chemin pour sortir du laboratoire dans lequel ils se trouvaient. Garrod dut lutter pour continuer de marcher au même rythme quand il vit sortir du bâtiment principal une fille brune portant une robe beige clair. Etait-ce Jane Wason ? Il ne put s'empêcher de devancer le lieutenant-colonel.

« Hé ! attendez, Mr. Garrod ! lui cria Zitron. Je suis là !

— Excusez-moi.

— J'ai failli vous laisser partir sans vous montrer la plus géniale application ! Entrez ici un instant ! » Zitron tint ouverte une porte qui conduisait à un grand bâtiment de préfabriqué.

Garrod jeta un coup d'œil vers les bâtiments administratifs. La fille se trouvait dans le parking ; seuls ses cheveux bruns étaient visibles au-dessus des voitures. « Je n'ai pas beaucoup de...

— Cela vous intéressera, Mr. Garrod. Nous en connaissons jusqu'aux principes de base. » Il prit Garrod par le bras et l'entraîna dans le bâtiment, qui n'était rien de plus que quatre murs et un toit de verre. En guise de plancher se trouvait une autre plaque de verre, recouverte, celle-ci, d'une sorte d'herbe synthétique et sur laquelle étaient disposés, à partir de l'autre extrémité de la pièce, quelques broussailles et des rochers artificiels. Le bâtiment était désert mais Garrod, jetant un coup d'œil autour de lui, eut l'impression désagréable d'être observé.

« Regardez bien ! lui recommanda Zitron. Ne me quittez pas des yeux ! » Il fila le long d'un des murs et disparut dans les broussailles. Cet endroit surchauffé était silencieux, excepté les bruits lointains des portes de voitures qui claquaient. Une minute entière passa sans que Zitron donnât signe de vie et Garrod sentit qu'il allait perdre patience. Il se tourna vers la porte mais s'arrêta net quand l'herbe proche se mit à bruire — sans la présence d'aucun appareillage visible. Et Zitron réapparut tout à coup, le sourire aux lèvres.

« C'était une démonstration de T.A.C. — Technique d'Avance sous Camouflage, dit-il. Qu'en pensez-vous ?

— Très bien. » Garrod ouvrit la porte qui donnait sur l'extérieur. « Vraiment efficace.

— Dans ce bâtiment expérimental, nous utilisons de la Retardite très légèrement déphasée — vous me verrez bientôt arriver à côté de vous. » Zitron tendit la main vers la pièce, où de légers reflets de lumière trahissaient la présence de panneaux de verre lent posés verticalement dans l'herbe. Un double de Zitron s'approchait en silence, zigzaguant mystérieusement avant de disparaître du panneau le plus proche.

« Bien sûr, continua Zitron, sur le terrain, nous utiliserions des panneaux à déphasage beaucoup plus important pour permettre à l'infanterie de dresser des panneaux de T.A.C. Nous essayons de déterminer le retard optimal — s'il est trop bref, les hommes n'auront pas le temps de consolider leurs positions ; s'il est trop long, un observateur bénéficiera de possibilités accrues pour détecter des différences entre l'inclinaison de la lumière et les ombres portées. II y a un autre problème, c'est celui de la courbe géométrique optimale des panneaux, afin de supprimer les reflets...

— Veuillez m'excuser, le coupa Garrod. Il me semble que j'ai vu quelqu'un que je connaissais. »

Il se dirigea vers le parking attenant au bâtiment administratif, d'un pas rapide et déterminé qui devait décourager Zitron de le suivre. La fille à la robe beige se tenait près de la sortie et regardait dans sa direction. Elle était mince, brune et — comme il se rapprochait d'elle — il vit la couleur argentée de ses lèvres. Il ressentit un pincement au cœur quand il comprit qu'il était en train de regarder Jane Wason.

« Bonjour ! » Il essayait d'avoir l'air dégagé et insouciant. « Vous vous souvenez de moi ? »

Elle le regarda avec circonspection. « Mr. Garrod ?

— Oui. Je suis en voyage d'affaires et je vous ai reconnue quand vous êtes sortie du bureau du colonel Mannheim. Vous savez, je me suis montré assez présomptueux hier soir, quand nous nous sommes parlés au vidéophone. Je voulais m'excuser, je n'ai pas l'habitude de... » Garrod perdit le fil de sa phrase et resta faible et vulnérable, mais il vit ses joues se colorer et comprit qu'il avait établi avec elle un contact à un niveau bien différent.

« Ce n'est rien, dit-elle doucement. Vous n'aviez pas besoin... »

— Si, j'y tenais. » Il la regardait avec gratitude, laissant son image emplir ses yeux, quand une Pontiac bleu pâle vint se ranger à côté d'eux. Le conducteur, un lieutenant au visage froid et aux lunettes cerclées d'or, abaissa la vitre avant même que la voiture ne s'arrête.

« Dépêchons-nous, Jane, dit-il sèchement. Nous sommes en retard. »

La portière s'ouvrit et Jane s'engouffra dans la voiture, l'air désemparé. Ses lèvres remuèrent en silence. Elle regarda Garrod tandis que la voiture s'éloignait, et il eut l'impression qu'elle avait l'air troublé et plein de regrets. Peut-être cherchait-elle seulement à s'excuser de la soudaineté de son départ.

Garrod jura amèrement à voix basse et revint aux côtés du lieutenant-colonel Zitron.

DIGRESSION SECONDE

Preuve à charge

Harpur regardait d'un air hésitant au travers des vitres ruisselantes de sa voiture. Il n'avait pas trouvé à se garer près du quartier général de la police et il lui semblait à présent être séparé du bâtiment par des kilomètres de béton humide et de rideaux de pluie. Le ciel s'abaissait sombrement et lourdement entre les bâtiments qui entouraient la place.

Soudainement conscient de son âge, il fixa pendant un long moment le vieil immeuble de la police aux gouttières dégoulinantes avant de s'extirper du siège du conducteur. Il était difficile de croire qu'un chaud soleil brillait dans une pièce du sous-sol de l'aile ouest, mais il savait cependant qu'il en était ainsi parce qu'il s'en était enquis au téléphone avant de partir de chez lui.

« Il fait drôlement bon en bas, monsieur le Juge, avait dit le garde sur le ton de familiarité respectueuse qu'il avait acquis avec les années. Ce n'est pas comme à l'extérieur, bien sûr, mais c'est quand même drôlement agréable.

— Est-ce que des journalistes se sont déjà présentés ?

— Très peu, monsieur le Juge. Vous allez nous rendre visite ?

— Je crois bien que oui, avait répondu Harpur. Réservez-moi un siège, Sam.

— Oui, *monsieur !* »

Harpur marcha aussi vite que possible, car il sentait la pluie glacée couler de ses poignets de vêtements dans ses poches d'imperméable, sur ses mains pourtant bien à l'abri. La doublure collait à ses articulations quand il bougeait les doigts. Comme il montait les marches menant à la porte d'entrée, une palpitation préliminaire dans le côté gauche de la poitrine l'avertit qu'il s'était trop pressé, qu'il avait poussé les choses trop loin.

Le planton de service le salua avec respect.

Harpur lui adressa un signe de tête. « On a du mal à croire que l'on est au mois de juin, n'est-ce pas, Ben ?

— Oh ! oui, monsieur ! Cependant, on m'a dit, qu'il faisait beau en bas. »

Harpur fit un signe de la main au planton et s'avançait dans le couloir quand la douleur s'empara de lui. C'était une sensation très nette, absolue. Comme si quelqu'un avait soigneusement choisi une aiguille, stérilisée, l'avait convenablement adaptée à une seringue dûment aseptisée, l'avait longuement chauffée jusqu'au blanc et — avec la rapidité qu'apporte la compassion — l'avait brusquement enfoncée dans son côté. Il s'arrêta un instant et s'appuya contre le mur carrelé de faïence tout en essayant de ne pas attirer les regards ; la sueur commençait à perler sur son front. *Je ne peux pas abandonner maintenant,* pensait-il, *pas quand il ne me reste plus que quelques semaines pour... Mais, en supposant que j'abandonne ? A l'instant même ?*

Harpur lutta contre la panique qui l'envahissait et

l'entité, c'est-à-dire la douleur, perdit un peu de terrain. Il poussa un soupir de soulagement et reprit sa marche, lentement, sachant pertinemment que son ennemie le suivait et ne le quittait pas des yeux. Mais il atteignit la pièce inondée de soleil sans connaître une nouvelle attaque.

Sam Macnamara, le garde de la porte intérieure, commença par faire son habituel sourire puis, découvrant la fatigue sur le visage de Harpur, l'introduisit rapidement dans la pièce. Macnamara était un grand Irlandais dont la seule ambition semblait être de boire deux tasses de café toutes les heures, mais une amitié était née entre les deux hommes et Harpur trouvait cela étrangement réconfortant. Le garde ouvrit nerveusement une chaise pliante qui se trouvait au fond de la pièce et la maintint avec fermeté pendant que Harpur s'asseyait dessus.

« Merci, Sam », dit Harpur avec gratitude. Il regarda autour de lui la foule étrangère et s'aperçut que personne n'avait remarqué son entrée. Ils regardaient tous le soleil.

L'odeur qui se dégageait des vêtements trempés des journalistes semblait déplacée dans ce sous-sol poussiéreux. Il était situé dans les anciens locaux du quartier général de la police et avait servi, jusqu'à il y a cinq ans, à entreposer de vieux dossiers. Depuis lors, excepté les jours de grande agitation, ses murs de béton n'avaient rien abrité d'autre qu'une batterie d'appareils d'enregistrement, deux gardes habités par l'ennui et une vitre dans son cadre, installée à un bout de la pièce.

La vitre était faite d'un verre très spécial : la lumière mettait plusieurs années à le traverser et les gens s'en servaient pour garder chez eux des scènes d'une beauté exceptionnelle.

Aux yeux de Harpur, ce que l'on voyait au travers de ce morceau de verre lent n'était pas d'une beauté particulière. Il montrait une baie, jolie mais sans plus, de la côte atlantique ; malheureusement, l'eau était sillonnée par de trop nombreux hors-bord et une station-service aux couleurs criardes se dressait au premier plan. Un amateur éclairé de verre lent y aurait sans doute lancé un pavé, mais son propriétaire, Emile Bennett, l'avait emporté en ville pour la simple raison qu'il contenait le panorama vu de la maison de son enfance. Avec une telle fenêtre, il n'avait pas besoin de faire trois cents kilomètres en voiture toutes les fois qu'il avait le mal du pays.

Le verre que Bennett avait utilisé avait cinq années d'épaisseur ; cela signifiait qu'il avait dû rester cinq années dans la maison des parents de Bennett avant de reproduire ce qu'il montrait en ce moment même. Bien sûr, il continua de transmettre la même chose pendant les cinq années qui suivirent le retour en ville ; et cela sans tenir compte du fait qu'il avait été saisi par des inspecteurs de police impatients qui se moquaient totalement de la maison natale de Bennett et des sentiments du même Bennett. Il rapportait fidèlement tout ce qu'il avait vu — mais toujours avec le même décalage.

Effondré de fatigue sur son siège, Harpur se souvenait de la dernière fois qu'il était allé au cinéma. La seule lumière de la pièce était celle qui sortait du panneau de verre oblong et les journalistes s'agitaient sur leurs sièges disposés avec ordre, justement comme ceux du public d'un cinéma. La présence de ces hommes dérangeait Harpur et l'empêchait de retrouver le passé aussi facilement que d'habitude.

La pièce, sombre à l'ordinaire, était éclairée par les nombreux reflets du soleil sur les eaux mouvantes de la baie. Les petits bateaux continuaient de passer et de repasser et, de temps à autre, une voiture silencieuse se glissait dans la station-service. Une jolie fille vêtue d'une façon extrêmement sommaire et à la mode d'il y a cinq ans se promenait dans un jardin situé au premier plan ; Harpur vit alors plusieurs journalistes noter dans leurs bloc-notes des remarques d'ordre personnel.

L'un d'eux, plus curieux que les autres, se leva et passa derrière l'écran de verre pour voir ce qu'il y avait de l'autre côté, mais revint l'air déçu. Harpur savait que le côté pile du verre avait été recouvert d'un panneau de métal soudé au cadre. Le tribunal avait déclaré que montrer au public toutes les activités domestiques enregistrées par le verre aurait été une atteinte à la vie privée de Mr. Bennett père.

Les minutes s'écoulaient lentement dans l'atmosphère lourde de la pièce ; les journalistes s'agitaient de plus en plus et commençaient à échanger des propos divers à haute voix. Au premier rang, l'un d'eux se mit à éternuer plusieurs fois de suite et à jurer après chaque éternuement. Il était interdit de fumer près du matériel d'enregistrement qui, au nom de l'Etat, sans relâche, examinait le verre ; aussi des groupes de trois ou quatre personnes commencèrent-ils à sortir dans le couloir pour allumer une cigarette. Harpur sourit en les entendant se plaindre de la longue attente qui leur était infligée. Il avait attendu *cinq ans,* ct cc tcmps lui avait paru encore plus long.

Aujourd'hui, 7 juin, était un des jours clefs où le reste du pays et lui étaient en attente, mais il avait été impossible de faire connaître aux journalistes le moment précis où ils auraient le fin mot de toute l'histoire. L'ennui était qu'Emile Bennett n'avait jamais été capable de se rappeler à quelle heure exacte de ce chaud samedi il s'était rendu en voiture à la maison de ses parents pour prendre son panneau de verre. Pendant le procès qui avait suivi, il n'avait pas été possible d'obtenir de renseignements plus précis que « vers trois heures de l'après-midi ».

Finalement, un journaliste remarqua Harpur assis près de la porte et se dirigea vers lui. Blond et incroyablement jeune, il était habillé de façon très stricte.

« Pardonnez-moi, monsieur, ne seriez-vous pas le juge Harpur ? »

Harpur acquiesça de la tête. Le jeune homme écarquilla les yeux pendant un court instant ; puis il les étrécit en pensant à la valeur des informations que pouvait lui donner le vieil homme.

« N'êtes-vous pas le juge qui s'est occupé de

l'affaire... l'affaire Raddal ? » Il avait failli dire l'affaire de l'« Œil de Verre » mais s'était aussitôt repris.

Harpur hocha une nouvelle fois la tête. « Oui, c'est exact. Mais je n'accorde plus d'interviews. Je suis désolé.

— Très bien, monsieur. Je comprends. » Il sortit dans le couloir et s'en alla d'une démarche rapide et souple. Harpur devina que le jeune homme venait de décider quelle serait sa version personnelle de l'histoire du jour. Il aurait pu écrire lui-même l'article :

Aujourd'hui, le juge Kenneth Harpur, l'homme qui, il y a cinq ans, présidait l'affaire très controversée de l'« Œil de Verre », dans laquelle un jeune homme de vingt et un ans, Ewan Raddal, fut accusé d'un double meurtre — le juge Kenneth Harpur était assis dans l'un des sous-sols du quartier général de la police. Devenu un vieil homme, le « Juge de Fer » n'a rien à dire. Il se contente de regarder, d'attendre, de se poser des questions...

Harpur eut un sourire forcé. Il ne ressentait plus aucune amertume à la lecture des attaques des journaux. La seule raison pour laquelle il refusait les interviews était que cet épisode de sa vie l'ennuyait au plus haut point. Il avait atteint cet âge où un homme écarte tout ce qui est secondaire pour se concentrer sur l'essentiel. Dans deux semaines, il serait libre de s'asseoir au soleil et de noter *avec exactitude* le nombre de nuances bleues et vertes qu'il y avait dans la mer et le temps qui s'écoulait entre l'apparition de la première étoile et celle de la seconde. Si son médecin le lui permettait, il prendrait un bon petit whisky, et, si son médecin le lui défendait, il prendrait tout de même son whisky. Il lirait quelques livres et peut-être même en écrirait-il un...

L'heure approximative donnée par Bennett lors du procès se révéla assez exacte.

A trois heures huit minutes, Harpur et les journalistes virent Bennett apparaître par un côté de la vitre et s'approcher du verre, un tournevis à la main. Il avait l'air embarrassé des gens qui entrent dans le champ de vision d'un verre lent. Il travailla sur les bords pendant quelques minutes ; puis le ciel apparut brusquement, indiquant que le verre avait été séparé de son cadre. La pièce s'assombrit un peu plus tard, au moment où l'image d'une couverture de l'armée marron apparut sur l'écran, masquant la lumière tant attendue.

Au fond de la pièce, les appareils d'enregistrement produisirent plusieurs petits bruits secs qui furent noyés par le vacarme des journalistes se ruant vers les téléphones.

Harpur se leva et sortit lentement derrière les journalistes. Il n'avait plus besoin de se hâter à présent. D'après les rapports de police, le verre ne produirait pas d'images pendant deux jours, c'est-à-dire pendant le temps où il était resté dans le coffre de la voiture de Bennett avant d'être installé dans le cadre d'une fenêtre située derrière sa maison, en ville. Pendant plus de deux semaines, le verre montrerait alors, sans oublier le moindre détail, les menus événements qui eurent lieu cinq ans auparavant sur le terrain de jeux situé derrière la maison de Bennett.

Ces événements n'étaient pas d'une importance particulière pour le premier venu ; mais les mêmes rapports signalaient que, sur ce même terrain, dans la nuit du 21 juin 1986, une secrétaire d'une vingtaine d'années, Joan Calderisi, avait été violée et assassinée. Son petit ami, un mécanicien en automobiles de vingt-trois ans, Edward Jerome Hattie, avait également été tué, certainement en essayant de défendre la jeune fille.

Le meurtrier ne savait pas qu'il existait un témoin de ce double crime — un témoin qui allait maintenant apporter une preuve décisive et incontestable.

Le problème n'avait pas été difficile à prévoir.

Depuis le jour où le verre lent était apparu à un prix très élevé dans quelques magasins, les gens s'étaient demandé ce qui arriverait si un crime était commis dans son champ de vision. Que se passerait-il sur le plan légal s'il y avait, disons, trois suspects, en sachant que, cinq ou dix ans plus tard, une plaque de verre identifierait sans le moindre doute possible le meurtrier ? Il était évident que la loi ne pouvait prendre le risque de punir un innocent ; mais il était tout aussi évident que le coupable ne pouvait rester aussi longtemps en liberté.

C'était en ces quelques mots que les journalistes avaient résumé le problème ; mais, pour le juge Kenneth Harpur, il n'y avait eu *aucun* problème. Après avoir lu toutes ces réflexions, il mit moins de cinq secondes pour décider de la conduite à tenir — et il était resté parfaitement calme quand il s'était trouvé en face d'un tel cas.

Somme toute, cette affaire n'avait été qu'une coïncidence. Le comté d'Erskine n'avait pas plus d'homicides ni plus de vitres de verre lent que n'importe quelle autre région. En fait, Harpur n'avait pas souvenance d'avoir jamais vu ce matériau avant que le système d'éclairage électrique de la voie publique ne fût brusquement remplacé par des panneaux alternés de verre épais de huit et de seize heures, installés en continuité au-dessus des rues. Cela se passait plusieurs années après que les techniques avaient été développées pour la production massive du verre lent ou — comme il était officiellement appelé — de la Retardite.

Il avait fallu un certain temps pour passer des premières feuilles de verre qui retenaient la lumière pendant une demi-seconde environ, à la création d'une Retardite « épaisse » de plusieurs années. Le matériau original était l'œuvre d'un fabricant de verre qui essayait d'obtenir une vitre à la fois incassable et absolument, isolante. Ses propriétés remarquables auraient pu ne jamais être remarquées s'il n'avait pas été également utilisé — par malheur pour un certain nombre de personnes — dans la fabrication des pare-brise d'automobiles.

Le fabricant d'autos concerné dépensa plus d'un demi-million de dollars en essayant de découvrir pourquoi un bon nombre d'exemplaires du même modèle avaient été victimes d'accidents statistiquement imprévisibles, par suite de virages à gauche. Malgré son prix de revient élevé, l'enquête fut rapidement amortie, car la Retardite devint une industrie majeure en un temps relativement bref.

L'« emprunt de paysage » fut l'une des premières applications et des « fermes » spécialisées dans le verre lent firent leur apparition dans les plus belles régions du globe. Le succès commercial du verre lent était dû en grande partie au fait qu'il n'y avait aucune différence, émotionnellement parlant, entre posséder un *scenedow* et posséder la terre qui l'avait impressionné. Celui qui habitait en ville le plus étouffant et le plus petit des logements pouvait contempler des vallées boisées de pin — des vallées qui étaient véritablement *sa* propriété.

Puis on se rendit compte que, sur beaucoup de points, les caméras étaient dépassées par le verre lent. Toutes les expéditions d'étude vers les planètes, qu'elles fussent humaines ou automatiques, emportaient des plaquettes pratiquement sans poids de Retardite, dotées de retards appropriés. Dans le domaine cinématographique, allant de l'enregistrement industriel à l'étude des oiseaux en liberté, là où des mètres et des mètres de pellicule étaient normalement gâchés dans l'attente de l'événement capital mais imprévisible, on utilisait à présent un verre lent de courte durée. Le verre restituait alors les images devant des caméras qui n'enregistraient que les scènes voulues au moment adéquat. Les caméras-espions devinrent de minuscules pointes de verre que les agents secrets glissèrent dans les pores de leur peau, donnant ainsi l'impression de n'avoir que de banals points noirs.

Mais, quel que fût l'usage que l'on voulait en faire, toutes les applications du verre lent avaient une chose en commun. Celui qui s'en servait devait être absolument certain du retard qu'il désirait — parce qu'il n'existait aucun moyen d'accélérer le processus de restitution. Si la Retardite avait été un « verre » au vrai sens du terme, il aurait été possible de le fractionner en plaques plus fines pour modifier l'épaisseur et obtenir l'information plus tôt ; mais, en réalité, c'était une matière extrêmement opaque. Opaque dans ce sens que la lumière ne la *pénétrait* jamais réellement.

Les radiations dont la longueur d'onde avoisinait celle de la lumière étaient absorbées par la surface de Retardite et leur enregistrement était aussitôt converti en variations d'amplitude à l'intérieur de la matière. L'effet piézoluctique par lequel l'information cheminait vers la face opposée impliquait toute la structure cristalline, et tout ce qui dérangeait cette structure détruisait aussitôt les variations d'amplitude.

Mais si cette révélation avait rendu furieux un certain nombre de chercheurs, elle avait été un facteur important dans le succès commercial de la Retardite. Les gens s'étaient en effet montrés réticents pour installer des *scenedows* dans leurs maisons, sachant que tout ce qu'ils feraient serait enregistré à jamais et pourrait être vu par d'autres yeux un certain nombre d'années plus tard. Aussi l'industrie piézoluctique naissante avait-elle été prompte à inventer une « gomme » bon marché avec laquelle toute surface de verre lent pouvait être « nettoyée » afin d'être réutilisée comme n'importe quel programme d'ordinateur trop surchargé ou dépassé.

C'était pour cette même raison que, pendant cinq années, deux gardes avaient exercé une surveillance constante sur le *scenedow* qui était le témoin capital dans l'affaire Raddal. Il pouvait toujours arriver qu'un parent de Raddal, ou quelque personnage en quête d'une discutable publicité, se glissât jusqu'au *scenedow* pour l'effacer avant que le doute ne fût dissipé.

Il y avait eu pendant ces cinq années certaines périodes où Harpur avait été trop malade et trop fatigué pour s'intéresser au morceau de verre, et où il aurait été soulagé de voir ce témoignage incontestable réduit au silence pour toujours. Mais, habituellement, l'existence du verre lent ne le préoccupait pas outre mesure.

Il avait rendu son verdict sur l'affaire Raddal en pensant que n'importe quel autre juge aurait agi de la même façon. La controverse qui s'était ensuivie et l'hostilité de la presse, du public, et même de certains de ses collègues, l'avaient tout d'abord blessé ; mais il s'en était très vite remis.

La Loi, avait déclaré Harpur, existait uniquement parce que les gens croyaient en elle. Ebranlez cette croyance — ne serait-ce qu'une fois — et la Loi subirait alors des torts irréparables.

L'instant du meurtre se situait vers les onze heures du soir.

Avec cette idée en tête, Harpur dîna tôt puis se doucha et se rasa pour la deuxième fois de la journée. Cet effort représentait une proportion importante de sa réserve d'énergie de la journée, mais l'atmosphère de la salle d'audience avait été lourde et poisseuse. L'affaire dont il s'occupait actuellement était à la fois compliquée et ennuyeuse. Il remarqua que cela se produisait de plus en plus souvent. C'était un signe qu'il était prêt à prendre sa retraite mais il avait un dernier devoir à accomplir — il devait bien cela à la profession.

Harpur mit une veste légère et tourna le dos au miroir en pied que sa femme avait acheté quelques mois plus tôt. En face se trouvait une lame de Retardite de quinze secondes qui lui permettait, après un temps d'arrêt, de se retourner et de se voir par-derrière. Il examina froidement sa silhouette frêle mais droite, puis s'éloigna avant que l'étranger du verre ne se tournât également.

Il détestait les miroirs en pied presque autant que les populaires « miroirs de la vérité », qui n'étaient que des feuilles de Retardite à faible retard pivotant autour d'un axe vertical. Ils fonctionnaient pratiquement comme des miroirs ordinaires, mais il n'y avait pas de phénomène de renversements. Pour la première fois, proclamaient les fabricants, vous pouviez réellement vous voir comme les autres vous voyaient. Harpur était opposé à cette idée pour des raisons vaguement philosophiques qu'il n'aurait pu expliquer à personne, pas même à lui-même.

« Tu n'as pas l'air bien, Kenneth, lui fit Eva tandis qu'il arrangeait minutieusement sa cravate. Tu n'étais pas obligé d'y aller, non ?

— En effet, je n'étais pas *obligé* et c'est pour cela que j'ai pensé avoir le *devoir* d'y aller. C'est tout.

— Je vais t'accompagner en voiture.

— Non. Tu vas aller te coucher. Je ne vais pas te laisser conduire en pleine ville à pareille heure de la nuit. » Il lui passa le bras autour du cou. A cinquante-huit ans, Eva Harpur traversait une période apparemment sans fin de bonne santé extraordinaire, mais ils cultivaient l'illusion que c'était lui qui prenait soin d'elle.

Il utilisa sa voiture pour se rendre en ville mais la circulation était inhabituellement lente et, sur un coup de tête, il s'arrêta à plusieurs blocs du quartier général de la police et se mit à marcher. Vivez dangereusement, pensa-t-il, mais marchez lentement — au cas où... C'était une soirée chaude et claire et, à cause des longues journées de juin, seuls étaient noirs les panneaux de seize heures suspendus au-dessus de la rue. Les panneaux alternés de huit heures reproduisaient inutilement la lumière qu'ils avaient emmagasinée durant l'après-midi. Pendant les heures de jour, le système était un compromis avec les variations saisonnières mais il fonctionnait raisonnablement bien et, surtout, la lumière était pratiquement gratuite.

Un avantage supplémentaire de ce système était qu'il donnait aux autorités une vision parfaite d'événements tels qu'accidents de voitures et fautes de conduite. En fait, c'étaient bien les tout nouveaux panneaux de verre lent qui éclairaient à ce moment-là la 53e Avenue qui avaient permis d'apporter le témoignage le plus décisif dans l'affaire Ewan Raddal.

Témoignage qui avait envoyé Raddal à la chaise électrique.

Les faits marquants de l'affaire ne correspondaient pas exactement à la situation classique donnée par les journaux, mais en avaient été suffisamment proches pour éveiller l'intérêt du public. Il n'y avait pas d'autre suspect que Raddal, mais l'accusation dont il faisait l'objet était en grande partie due aux circonstances. Les corps n'avaient pas été découverts avant le lendemain matin et Raddal avait eu tout le temps nécessaire pour rentrer chez lui, se laver et dormir. Quand il avait été arrêté, il était frais et dispos — et les enquêteurs n'avaient pratiquement rien pu prouver.

Raddal avait été soupçonné parce qu'il avait été aperçu aux alentours du terrain de jeux à l'heure du crime et parce qu'il portait des ecchymoses et des égratignures compatibles avec le forfait. De plus, entre minuit et neuf heures et demie du matin, heure à laquelle on était venu le chercher pour l'interroger, il avait « perdu » la veste de plasticord qu'il portait le soir précédent ; celle-ci ne fut jamais retrouvée.

A la fin du procès de Raddal, le jury avait mis moins d'une heure pour prononcer un verdict de culpabilité mais, devant une cour d'appel, la défense déclara que le jury avait été influencé par le fait que le crime avait été enregistré par la fenêtre d'Emile Bennett. Pour appuyer sa demande d'un nouveau procès, l'avocat de la défense mit en avant le fait que les membres du jury avaient écarté leur « doute raisonnable » en pensant que Harpur prononcerait tout au plus une sentence d'emprisonnement à vie.

Mais, aux yeux de Harpur, le nouveau code pénal de 1977 — qui offrait principalement aux juges un pouvoir accru à l'intérieur de leurs propres tribunaux — ne prévoyait pas de législation d'attente, surtout dans une affaire de meurtre au premier degré. En janvier 1987, Raddal était condamné à la peine capitale.

Le point de vue rigoureux de Harpur — qui lui avait valu le surnom de « Juge de Fer » — était que la décision prise par un tribunal était sacro- sainte. L'entité surhumaine qu'était la Loi ne devait pas s'abaisser devant un morceau de verre. Son argument se résumait en quelques mots : si une législation d'attente était introduite, les criminels emporteraient avec eux un équipement standard comportant des morceaux de Retardite de cinquante années d'épaisseur.

Au bout de deux ans, la lente machine de la Cour suprême avait ratifié la décision de Harpur et la sentence fut exécutée. La même chose s'était produite plusieurs années auparavant, sur un plan de moindre importance il est vrai, dans le monde du sport ; et la seule solution valable, celle qui devait toujours prévaloir, fut que l'arbitre avait toujours raison — malgré ce que les caméras et le verre lui-même pourraient bien révéler par la suite.

En dépit de sa justification — ou peut-être à cause d'elle — les journaux ne sympathisèrent jamais avec Harpur. Il se fit un devoir de se montrer indifférent à tout ce que l'on écrivait ou disait sur son compte. La seule chose dont il eut besoin pendant ces cinq dernières années fut la certitude qu'il avait pris une bonne décision — et il allait maintenant savoir si cette décision était *véritablement* bonne.

Bien que cette nuit se profilât à l'horizon depuis cinq années, Harpur éprouvait encore des difficultés à penser que, quelques minutes plus tard, *il saurait* enfin si Raddal était coupable ou non. Cette pensée causa dans sa poitrine un crescendo de chocs désagréables et il s'arrêta un instant pour reprendre son souffle. Après tout, quelle différence cela faisait-il réellement ? Il n'avait pas fait la Loi — alors, pourquoi se sentait-il personnellement concerné ?

La réponse ne tarda pas à venir.

Il était concerné parce qu'il était lui-même une partie de la Loi. La raison pour laquelle il avait continué de travailler en dépit des avis du médecin était que c'était lui, et non quelque abstraite incarnation de ce que Webster appelait le « grand intérêt de l'homme sur Terre », qui avait prononcé la sentence contre

Ewan Raddal. Et il allait être là, en personne, pour faire front s'il avait commis une erreur.

L'approche du moment fatidique était étrangement réconfortante pour Harpur, qui avait repris sa marche dans les rues pleines de monde. Quelque chose de bizarre le frappa dans l'atmosphère de cette fin de soirée, puis il remarqua que le centre était encombré de voitures étrangères à la ville. Des hommes et des femmes se pressaient sur les trottoirs, et il sut qu'ils n'étaient pas d'ici car ils levaient parfois la tête vers les sommets élevés des bâtiments. L'odeur d'un hamburger en train de cuire dérivait dans l'air épais et doux.

Harpur se demanda pourquoi tous ces gens se trouvaient là, puis remarqua qu'ils se dirigeaient vers le quartier général de la police. Ainsi, c'était donc ça ! Les gens n'avaient pas changé depuis les temps où ils étaient attirés par les arènes, les guillotines et les potences. Ils ne pourraient rien voir, mais le fait de se trouver près du lieu de l'événement suffirait à leur faire goûter la joie ancestrale, viscérale même, vieille comme le monde, qui consiste à respirer alors que quelqu'un venait juste de mourir. Les cinq années qui les séparaient de ce jour fatal ne faisaient aucune différence.

Même s'il l'avait voulu, Harpur n'aurait pu entrer dans la pièce du sous-sol. Il n'y avait, en plus des appareils d'enregistrement, que six chaises et six paires de jumelles spéciales à faible grossissement, possédant des objectifs sans déperdition de lumière. Elles étaient réservées aux observateurs de l'Etat.

Harpur n'avait aucun intérêt à voir la scène de ses propres yeux — il voulait simplement en entendre le résultat ; puis prendre un long, un très long repos. Il lui vint à l'esprit qu'il n'était pas du tout raisonnable de se rendre au bâtiment de la police, avec tout l'effort et la tension mortelle que cela signifiait pour lui, mais il n'y avait rien d'autre à faire. *Je suis coupable,* pensa-t-il brusquement, *coupable comme...*

Il atteignit la place le long de laquelle se dressait le bâtiment, puis se fraya un chemin dans la masse mouvante des gens agglutinés. A mi-parcours, la transpiration avait collé ses vêtements si étroitement à sa peau qu'il pouvait difficilement lever les pieds. A un moment indéterminé de sa longue marche, il eut conscience d'une présence derrière lui — la vieille ennemie à l'aiguille chauffée à blanc.

Alors qu'il atteignait les voitures de presse rangées n'importe comment, Harpur pensa qu'*il ne pouvait* arriver trop tôt, et il avait au moins une demi-heure d'avance. Il fit demi-tour et entreprit à nouveau de se frayer un chemin vers le côté opposé de la place. L'aiguille le piqua alors — une piqûre précise — et il tituba, cherchant à s'accrocher à quelque chose.

« Quel... ! » Une voix étonnée retentit au-dessus de sa tête. « Vas-y doucement, pépère. » Son possesseur était, un solide gaillard vêtu d'une combinaison bleu pâle et qui était en train de regarder un spectacle de Tri-D lorsque Harpur était tombé sur lui. Il arracha de ses yeux les lunettes-récepteur ; les images minuscules de gauche et de droite dansaient comme de lointains feux de joie. Un ruban de musique s'échappait des écouteurs individuels.

« Excusez-moi, souffla Harpur. J'ai trébuché. Je suis désolé. »

— Ça va. Dites donc, vous ne seriez pas le juge... »

Harpur s'éloigna et le gros homme tout excité empoigna vivement par le bras la femme qui se trouvait avec lui. *Je ne dois pas être reconnu,* pensa-t-il, pris de panique. Il s'enfonça dans la foule, perdant peu à peu tout sens de l'orientation. Six pas désespérés, et l'aiguille revint à l'attaque — et, cette fois-ci, s'enfonça jusqu'à la garde. Il gémit et la place bascula dangereusement. *Pas ici,* implora-t-il, *pas ici ; je vous en prie !*

Il réussit pourtant à ne pas tomber et à continuer son chemin. Proche de lui — et pourtant distante de plusieurs millions de kilomètres — une femme invisible lança un rire splendide, libre et confiant. La douleur revint quand il se trouva à la limite de la place, encore plus vive qu'auparavant — une, deux, trois fois. Harpur poussa un cri en sentant son muscle vital se tordre de douleur.

Il commença à tomber, puis se sentit retenu par des poignes solides. Harpur leva les yeux vers le jeune homme au teint basané qui le soutenait. Ce beau visage, marqué par les soucis, qui apparaissait derrière des brumes rougeâtres, lui parut tout à coup étrangement familier. Harpur essaya de parler.

« Vous... vous êtes Ewan Raddal, n'est-ce pas ? »

Les sourcils noirs se soulevèrent d'étonnement.

« Raddal ? Non. Connais pas. Je crois que je ferais mieux d'appeler une ambulance. »

Harpur fit un effort de réflexion. « C'est juste. Vous ne pourriez pas être Raddal. Je l'ai tué il y a cinq ans. » Il haussa la voix. « Mais alors, pourquoi êtes-vous ici ?

— Je revenais d'un match de bowling quand j'ai vu tout ce monde. »

Le jeune homme s'efforça de conduire Harpur loin de la foule, le soutenant par un bras, défendant ce corps contre tous les autres. Harpur essaya de l'aider, mais comprit que ses pieds traînaient lamentablement sur le sol.

« Vous vivez à Holt ? »

Le jeune homme hocha la tête plusieurs fois.

« Vous savez qui je suis ?

— Tout ce que je sais, monsieur, c'est que vous devriez être à l'hôpital. Il y a un téléphone dans la boutique de vins : je vais appeler une ambulance. »

Harpur eut la vague sensation que leurs paroles comportaient quelque terrible signification, mais il n'avait pas le temps d'approfondir cette question.

« Ecoutez, dit-il, s'efforçant de rester un instant debout. Je ne veux pas d'ambulance. Tout ira bien si je peux rentrer chez moi. Pouvez-vous m'aider à trouver un taxi ? »

Le jeune homme eut l'air d'hésiter, puis haussa les épaules : « Ça risque d'être pour votre enterrement ! »

Harpur ouvrit soigneusement la porte et pénétra dans les ténèbres familières de la vieille maison. Pendant le trajet de retour, ses vêtements trempés de sueur étaient devenus glacés, et il ne put s'empêcher de frissonner tandis qu'il cherchait l'interrupteur.

Quand la lumière fut allumée, il s'assit à côté du téléphone et jeta un coup d'œil à sa montre. Il était presque minuit — à cette heure-ci, il ne devait plus y avoir aucun doute sur ce qui s'était passé cinq ans plus tôt sur le terrain de jeux de la 53e Avenue. Il décrochait quand il entendit sa femme qui s'approchait de l'escalier. Il aurait pu appeler plusieurs numéros pour demander ce que le verre lent avait révélé, mais il n'avait pas du tout envie de parler à un inspecteur de police ou à quelque responsable de l'Hôtel de Ville. Il appela Sam Macnamara.

En tant que garde, Sam ne connaîtrait pas officiellement le résultat ; malgré cela, sa réponse serait tout aussi valable. Harpur essaya de composer le numéro de la ligne directe du bureau du garde, mais son index tremblant tombait sans cesse à côté des chiffres et il abandonna.

Eva Harpur descendit les escaliers, vêtue d'une robe de chambre, et s'approcha de lui avec compréhension.

« Oh ! Kenneth ! » Elle porta sa main à sa bouche. « Que t'est-il arrivé ? Tu es... Je vais appeler le docteur Sherman. »

Harpur sourit doucement. *Je fais beaucoup de sourires depuis quelque temps,* pensa-t-il bizarrement. *C'est la seule réponse qu'un vieil homme puisse faire en toute occasion.*

« Je te demande seulement de me verser un peu de café et de m'aider à me coucher ; mais, avant tout, fais-moi un numéro sur ce foutu machin. » Eva ouvrit la bouche pour protester mais la referma quand elle rencontra son regard.

Quand Sam répondit au téléphone, Harpur s'efforça de parler d'une voix normale. « Bonsoir, Sam. Kenneth Harpur. Alors, le spectacle est terminé ?

— Oui, monsieur. Il y a eu ensuite une conférence de presse mais elle est également terminée. Vous avez dû entendre le résultat à la radio.

— En fait, non. Je... je viens tout juste de rentrer, Sam. J'ai voulu appeler quelqu'un avant d'aller me coucher et c'est votre numéro qui m'est venu à l'esprit. »

Sam fit entendre un petit rire gêné. « Eh bien, ils l'ont parfaitement identifié. C'était Raddal, évidemment — mais vous deviez le savoir depuis longtemps.

— Oui, Sam. » Harpur sentit les larmes lui monter aux yeux.

« Ça va vous enlever un drôle de poids de la conscience, monsieur. »

Harpur hocha la tête d'un air fatigué mais répondit : « Evidemment, je suis heureux que la justice ne se soit pas trompée — mais ce ne sont pas les juges qui font les lois, Sam. Ils ne décident même pas qui est coupable et qui ne l'est pas. En ce qui me concerne, l'existence de ce morceau de verre ne faisait que très peu de différence, dans un sens comme dans l'autre. »

Ces paroles étaient bien dignes du « Juge de Fer ».

Il y eut un long moment de silence puis Sam reprit, avec une note de désespoir dans la voix : « Je sais tout cela, monsieur le Juge... mais, tout de même, ça *doit* vous enlever un drôle de poids de la conscience. »

Harpur comprit avec étonnement que le grand Irlandais le suppliait presque. *Cela n'a plus d'importance,* pensa-t-il. *Demain matin, je vais prendre ma retraite et rejoindre les rangs des hommes.*

« D'accord, Sam, dit-il finalement. Admettons — je vais pouvoir dormir sur mes deux oreilles. Ça va comme *cela ?*

- *Merci,* monsieur le Juge. Bonne nuit. »

Harpur reposa l'appareil et, les yeux bien fermés, attendit que vienne la paix.

CHAPITRE V

Il était plus de minuit quand Garrod arriva chez lui. Les domestiques étaient partis se coucher mais la lumière jaune qui émanait de la porte entrouverte de la bibliothèque indiquait qu'Esther était encore debout. Elle ne lisait pas beaucoup, préférant regarder la télévision, mais aimait rester assise dans l'atmosphère brune et amicale de la bibliothèque. Garrod pensait que cette habitude tenait au fait que c'était la seule pièce de la maison qu'il n'avait pas vraiment modernisée cinq ans plus tôt, peu après avoir acheté cette vaste demeure. Il entra dans la pièce et vit Esther installée dans un grand fauteuil de cuir, les yeux dissimulés derrière des lunettes de télévision.

« Tu es en retard. » Elle leva une main en signe d'accueil mais n'enleva pas les écrans protecteurs de ses yeux. « Où es-tu allé ?

— Il fallait que je visite un Centre de Recherches de l'Armée, dans un endroit appelé Macon.

— Qu'entends-tu par “un endroit appelé Macon” ?

— C'est le nom de la ville.

— Tu dis cela comme si tu croyais que je n'en avais jamais entendu parler.

— Excuse-moi. Je ne voulais pas...

— Macon se trouve en Georgie, non ?

— C'est exact.

— Il n'y a pas que toi d'intelligent, tu sais. » Esther rajusta ses lunettes de télévision et s'installa plus confortablement dans son fauteuil.

« Qui a dit... » Garrod se mordit les lèvres et s'approcha du petit meuble où des carafes baignaient dans une chaude lumière. « Veux-tu un verre ?

— Je n'en ai pas besoin, merci.

— Moi non plus, je n'en ai pas besoin, mais je vais quand même en prendre un. » Garrod parlait calmement mais se demandait pourquoi Esther cherchait à le piquer au vif. C'était un peu comme si elle avait prévu ce qu'il était sur le point de dire. Il versa de l'eau dans un peu de bourbon et vint s'asseoir près de la cheminée. Les restes gris et blancs d'une bûche craquaient doucement dans l'âtre et jetaient parfois des étincelles orange qui montaient en tourbillonnant dans le sombre conduit d'évacuation.

« Il y a toute une pile de messages qui t'attendent sur ton bureau, dit soudain Esther, d'un air désapprobateur. Un homme de ton importance ne devrait pas partir plusieurs jours sans rester au moins en contact avec son bureau.

— C'est pour cette raison que je paie à prix d'or des directeurs commerciaux. S'ils ne sont pas capables de prendre quelques heures les affaires en main, ils ne me sont d'aucune utilité.

— Les grands esprits ne doivent pas, être souillés par des pensées pécuniaires. N'est-ce pas, Alban ?

— Je ne prétends pas posséder un grand esprit.

— Evidemment, tu ne le dis pas comme ça mais tu te poses toujours bien à l'écart des gens. Quand tu veux bien adresser la parole à quelqu'un, il y a sur tes lèvres un petit sourire qui annonce : « Je sais bien que faire une telle remarque sera du temps perdu, mais je la fais tout de même pour m'amuser, et pour voir si quelqu'un sera capable d'y comprendre quelque chose. »

— Bon sang ! » Garrod se pencha en avant sur son siège. « Esther, nous allons divorcer. »

Elle ôta ses lunettes afin de le mieux voir. « Et pourquoi ?

— *Pourquoi* ? A quoi cela sert-il de continuer ainsi ?

— Cela fait plusieurs années que nous sommes dans cette situation et tu n'as jamais parlé de divorce, auparavant.

— Je sais. » Garrod but plusieurs gorgées successives. « Mais il y a une limite à tout. Notre mariage n'est pas ce qu'il devrait être. »

Esther se leva d'un seul coup et le regarda dans les yeux. Puis elle eut un rire nerveux. « Mon Dieu, je crois que, finalement, c'est arrivé.

— Qu'est-ce qui est arrivé ? » L'image d'une bouche sensuelle aux lèvres argentées traversa l'esprit de Garrod.

« Alban, comment s'appelle-t-elle ? »

Il rit à son tour, d'un air incrédule. « Il n'y a pas d'autre femme en cause.

— Tu l'as rencontrée pendant ce voyage ?

— Je te dis qu'il n'y a que *toi.* Et que j'en ai assez.

— Elle vit à Macon et c'est pour cela que tu as soudainement décidé d'y aller. »

Garrod regarda sa femme d'un air dédaigneux mais s'aperçut qu'intérieurement il la craignait encore. « Je vais te le dire encore une bonne fois — il n'y a pas d'autre femme. Depuis que nous sommes mariés, je n'ai même pas donné la main à quelqu'un d'autre. Il y a seulement que cela dure depuis trop longtemps.

— C'est bien ce que je veux dire. Tu n'as pas beaucoup de tempérament, mon pauvre Alban — le diable sait si je m'en suis aperçue sacrément vite — mais quelque chose est en train de t'arriver. Il faut qu'elle sorte vraiment de l'ordinaire pour avoir réussi à t'exciter !

— J'en ai assez, d'entendre tes inepties ! » Garrod se leva et traversa la pièce en direction de son bureau. « Qu'en penses-tu, au sujet du divorce, je veux dire ?

— Rien à faire. » Esther vint le rejoindre, les lunettes à la main, et il put entendre de minuscules voix sortir des écouteurs individuels. « C'est la première chose que tu aies jamais demandée depuis que tu t'es aperçu que tu n'avais plus besoin de l'argent de mon père. C'est la première chose que tu *m'aies* demandée — et je peux t'assurer que je ferai tout ce qui sera en mon pouvoir pour que tu *ne l'obtiennes pas !*

— Tu es adorable, dit-il durement, incapable d'exprimer autrement sa colère.

— Je sais. » Elle revint s'asseoir dans son fauteuil et chaussa à nouveau ses lunettes pleines d'images. Un air de paisible concentration se peignit sur ses traits délicats.

Garrod prit le paquet de messages qui était posé sur

son bureau. La plupart étaient des transcriptions mécaniques de messages oraux et il préférait cela à devoir écouter toute une série d'enregistrements. Celui qui se trouvait sur le sommet de la pile lui avait été adressé une heure auparavant et provenait de Theo McFarlane, principal responsable de la recherche aux laboratoires de Portston.

STRICTEMENT CONFIDENTIEL. JE SUIS CERTAIN A QUATRE-VINGT-DIX POUR CENT DE RÉUSSIR CE SOIR UNE ÉMISSION ACCÉLÉRÉE. JE SAIS BIEN QUE TU AIMERAIS Y ASSISTER, MAIS JE NE PEUX PAS ATTENDRE INDÉFINIMENT. MINUIT DERNIER DÉLAI. THEO.

Garrod se sentit pris de frénésie en fouillant dans la pile et en découvrant toute une série de messages en provenance de McFarlane, envoyés pendant toute la journée à intervalles réguliers. Il jeta un coup d'œil à sa montre et vit qu'il était minuit vingt-cinq ; puis il traversa en coup de vent la pièce et jeta les messages sur les genoux d'Esther afin de détourner son attention de la télévision.

« Comment se fait-il que personne n'ait essayé de me contacter et de me faire part de la découverte de Theo ?

— Souviens-toi que personne n'a le droit de te déranger pendant tes petites virées. C'est pour cela que tu paies à prix d'or des directeurs commerciaux, Alban chéri.

— Tu sais très bien que cela ne s'applique pas aux travaux des laboratoires », rétorqua Garrod, qui dut se retenir pour ne pas briser les lunettes de sa femme. Il courut jusqu'au vidéophone et appela sur la ligne directe le bureau de McFarlane, dont le visage mince et doté de lunettes apparut sur l'écran une seconde après. Il clignait des yeux d'un air fatigué derrière ses verres à double foyer qui les faisaient paraître plus petits que l'habitude.

« Te voilà enfin, Al, dit-il d'un air réprobateur. J'ai essayé de te joindre toute la journée.

— Je n'étais pas en ville. Tu as réussi ? »

McFarlane secoua la tête. « J'ai eu des ennuis d'ordre syndical. Les techniciens ont insisté pour avoir une pause café. » Il avait l'air franchement dégoûté.

« Tu n'arriveras jamais à te faire à l'idée de travailler avec des êtres humains, Theo. Je serai là dans vingt minutes. » Garrod coupa la communication et se précipita vers le garage. La Mercedes coupé à moteur rotatif lui parut convenir à ce genre de parcours dans la banlieue de la ville. Comme il lançait le petit bolide sur une route sinueuse et bordée de taillis, il pensa soudain qu'il était parti sans même parler à Esther ; mais il n'avait rien à lui dire, sinon qu'il ferait *tout* pour obtenir le divorce — et cela pourrait bien attendre jusqu'au lendemain matin.

Pendant tout le parcours, accompli à vive allure, il put réfléchir aux implications du message de McFarlane. Neuf années de recherches n'avaient pas réussi à faire céder le verre lent sur un point crucial — il refusait de délivrer ses informations avant l'instant spécifié par le retard inhérent à sa structure cristalline. Un panneau de Retardite d'une année d'épaisseur conservait ses images pendant un an, et les sollicitations répétées de toute une armée de chercheurs n'avaient pu l'obliger à fonctionner autrement. En dépit de cette inflexibilité, la Retardite avait trouvé des milliers d'applications dans tous les domaines, allant des ornements vestimentaires à l'exploration des planètes. Mais, s'il devenait un jour possible de modifier les périodes de retard afin d'obtenir les informations au moment où on le désirait, alors seulement le verre lent donnerait le maximum de ce que l'on pouvait attendre de lui.

Le principe même des difficultés était que les images n'étaient pas conservées à l'intérieur de ce matériau *en tant qu'images*. Les changements d'intensité et de répartition des ombres et de la lumière étaient traduits en variations d'amplitude qui parcouraient lentement le verre d'une face à l'autre. Cette découverte avait supprimé l'objection théorique au principe de la Retardite. Au début, à l'époque où l'on croyait que le temps de retard était fonction de l'épaisseur du cristal, certains physiciens avaient émis une objection : les images traversant le matériau sous un certain angle auraient dû arriver bien plus tard que celles le traversant à la perpendiculaire. Il avait été nécessaire, pour surmonter cette anomalie, de postuler que la Retardite possédait un indice de réfraction infiniment élevé ; mais Garrod n'avait jamais été en faveur de cette démarche scientifique. C'est pourquoi il avait eu de grandes satisfactions personnelles en précisant la véritable nature du phénomène de transfert piézoluctique et en voyant celui-ci dénommé « Effet Garrod » dans les publications scientifiques.

Cela n'avait toutefois rien changé au fait qu'il n'était pas possible de disposer à loisir des images emmagasinées. Si le temps de retard avait été directement fonction de l'épaisseur, il aurait été possible de fractionner la Retardite en plaques plus fines afin d'obtenir plus tôt les informations. Mais aucune tentative — aussi précise et méticuleuse fût-elle — pour créer des modifications dans la structure cristalline n'avait eu pour résultat une quelconque libération quasi instantanée des oscillations. Il n'y avait pas la moindre parcelle de lumière à l'arrivée et le matériau se contentait d'oublier totalement le passé ; il redevenait noir comme du jais et n'était plus qu'une plaque vitreuse attendant l'impression de nouveaux souvenirs.

Bien qu'il eût des difficultés incroyables à maîtriser les temps de retard dans ses laboratoires, Garrod gardait toujours un très grand intérêt pour les problèmes que posait l'émission accélérée. Cela venait en partie de ce sentiment qu'il ressentait de propriété jalouse du scientifique en face de sa propre découverte, et en partie de la vague intuition que le verre lent pouvait, dans certains cas, agir comme un véritable supplice de Tantale, torturant les personnes déchirées par leur besoin immédiat de savoir. Garrod avait eu connaissance d'un article de journal relatant l'histoire d'un juge qui était mort quelques mois après qu'une attente de cinq années lui eût appris que l'inculpé qu'il avait envoyé à la chaise électrique avait formellement été reconnu comme le coupable par une vitre de verre lent, seul et unique témoin du meurtre.

Il se trouvait maintenant dans une artère surmontée de panneaux lumineux de verre lent ; resplendissant du bleu du ciel diurne, ils donnaient l'impression de traverser un vaste tunnel dans le toit duquel auraient été pratiqués des trous horizontaux. Il aperçut dans l'un d'entre eux la flèche d'argent d'un avion qui était passé au-dessus de cet endroit plusieurs heures auparavant.

Le gardien de nuit le salua depuis sa cage vitrée et la Mercedes de Garrod franchit les portes du Centre de Recherche et de Développement. La plupart des bâtiments étaient dans l'ombre mais les laboratoires de McFarlane étaient inondés de lumière dorée. Garrod se débarrassa de sa veste, qu'il jeta sur une chaise avant de pénétrer dans le labo, où il vit un groupe d'hommes debout autour d'une table à expériences. Le seul à ne pas être en manches de chemise était McFarlane en personne — comme à l'accoutumée, le responsable de la recherche portait un costume strict et bien coupé. Certains disaient qu'il n'avait plus touché un fer à souder depuis le jour où il s'était vu confier le poste de responsable, mais il avait une maîtrise absolue de tout ce qui se passait à l'intérieur de sa section.

« Tu arrives à temps, lança-t-il à Garrod avec un bref signe de tête. Je crois que nous allons réussir.

— Tu continues d'appliquer la technique modifiée de Cerenkov ?

— Oui, et cela donne de bons résultats. » McFarlane tendit la main vers un panneau noir de verre lent vierge monté sur un cadre et accompagné d'un certain nombre d'oscilloscopes et de boîtes grises, le tout relié à un panneau de contrôle. « Voici un morceau de verre lent de trois jours d'épaisseur que l'on a entièrement nettoyé hier. Les images qu'il a emmagasinées juste après ne devraient pas réapparaître avant demain, mais je crois que nous allons pouvoir les faire sortir un petit peu plus vite.

— Comment le sais-tu ?

— Regarde ces signes de diffraction. » McFarlane lui montra un tube de démonstration. « Tu vois à quel point cela diffère de ce que nous obtenons en faisant passer des rayons X dans de la Retardite ? Ce léger tremblement indique que la vitesse de l'image devient égale à la vitesse des radiations Cerenkov.

— Tu as peut-être ralenti les Cerenkov ?

— Je te parie que nous avons accéléré l'image.

— Il y a quelque chose qui ne va pas, annonça un technicien sur le ton de la conversation courante. La courbe distance-temps prend la forme... d'une exponentielle. »

Garrod examina l'écran de l'oscilloscope et pensa que la lumière qui était entrée dans le panneau de verre lent depuis trente-six heures peut-être était en train de se rassembler, de former une vague, un sommet...

« Protégez vos yeux ! hurla soudain McFarlane. Ecartez-vous vite de ce bazar ! »

Garrod mit son bras devant son visage tandis que les techniciens se dispersaient rapidement ; puis il y eut un éclair blanc et silencieux ; un éclair qui gela le mouvement sur les rétines au supplice ; un éclair qui serra le cœur de Garrod parce qu'il aurait dû être accompagné de la même déflagration qu'une bombe atomique. Il abaissa son bras et parvint à apercevoir les autres au travers d'un écran d'images rémanentes orange et vertes. Le panneau de verre lent était redevenu noir comme la nuit et aussi tranquille que celle-ci.

McFarlane fut le premier à parler, d'une voix étouffée. « Je t'avais dit que nous parviendrions à tirer de la lumière de ce panneau — eh bien, c'est fait.

— Tout le monde va bien ? » Garrod porta ses regards sur les techniciens qui se regroupaient autour de la table. « Est-ce que quelqu'un l'a pris de face ? »

Ils secouèrent la tête. « Tout va bien, Mr. Garrod.

— L'expérience est terminée. Faites venir l'équipe de nuit et prenez tout votre temps pour reposer vos yeux avant de rentrer chez vous en voiture. » Garrod se tourna vers McFarlane. « Il va falloir édicter un certain nombre de mesures de sécurité avant de poursuivre dans cette voie.

— Je m'en doute ! » Derrière leurs verres correcteurs, les yeux de McFarlane paraissaient meurtris. « Nous avons *réussi,* Al ! C'est la première fois en neuf années de travail acharné que l'on parvient à modifier la structure de la Retardite sans se contenter d'altérer l'émission. Nous avons *vraiment* réussi à accélérer la lumière.

— J'en suis témoin. » Garrod prit sa veste et ils se dirigèrent lentement vers le bureau personnel de McFarlane. « La première chose à faire, c'est de prévenir nos avocats. Est-ce qu'il y a des bavards parmi tes gars ?

— Ils savent où se trouvent leurs intérêts.

— Bien. Je ne vois pas encore quelles seront les applications de ta découverte, mais elles seront légion.

— L'armement, hasarda McFarlane d'un air sombre.

— Je ne le pense pas. Ces armes seraient trop encombrantes et leur portée limitée par l'absorption atmosphérique. Je pense à la photographie. A la signalisation spatiale. Je crois que si tu envoyais à l'aide d'une sonde un panneau de cinq ans d'épaisseur vers Uranus et que tu en accélérais l'émission l'éclair serait visible de la Terre. »

McFarlane ouvrit la porte de son bureau. « Nous allons fêter cela en buvant un verre — j'avais mis de côté une bouteille pour cette occasion.

— Je ne sais pas si je peux, Theo.

— Allez, Al. Et puis, j'ai trouvé une nouvelle blague. Ecoute un peu. » Il tendit la main, pointa l'index et s'écria, le visage assombri : « Cessez de jouer avec votre ceinture, Van Allen !

— Pas mal. Ce n'est pas extraordinaire, mais ce

n'est pas mal. » Garrod sourit à son assistant, qui était également son ami depuis les années de collège. Leur plaisanterie favorite consistait à évoquer une classe où les élèves auraient été les grands savants ayant donné leur nom à des découvertes. Même à cet âge, chacun d'eux s'intéressait au domaine de recherche où il brillerait des années plus tard, mais le malheureux professeur n'en savait rien et s'efforçait sans cesse de les amener à lui prêter attention. Cette plaisanterie lui avait déjà fait s'écrier : « Qu'avez-vous donc dans cette bouteille, Klein ? » à l'adresse du topologiste en herbe ; « Cessez de vous agiter, Brown ! » à celui qui mettrait en évidence l'agitation moléculaire ; et : « Décidez-vous, Heisenberg ! » à l'élève qui formulerait un jour le Principe d'Incertitude. Garrod avait presque abandonné parce qu'il était assez difficile de trouver une plaisanterie possédant un degré suffisant d'universalité, mais McFarlane continuait à chercher et inventait une nouvelle admonestation toutes les semaines.

Garrod hésita près de la porte. « Il est encore un peu trop tôt pour se réjouir. Nous devons encore comprendre pourquoi nous avons obtenu cette réaction et savoir ce que nous allons en faire.

— Maintenant que nous avons réussi, le reste n'est plus qu'une question de temps, assura McFarlane. Je te promets que dans trois mois tu pourras prendre un morceau de verre lent et regarder la scène que tu désires voir — exactement comme avec un appareil de cinéma. Songe un peu aux conséquences.

— Oui, surtout pour la police. » Garrod repensa au juge. « Et pour le gouvernement. »

McFarlane haussa les épaules. « Tu veux parler de l'espionnage ? Des yeux de verre ? De l'invasion de la vie privée ? Seuls les types véreux se méfieront de cette invention. » Il sortit une bouteille de whisky d'un placard et en versa deux bonnes mesures dans des gobelets à bords dorés. « En tout cas, je vais te dire une bonne chose — je ne voudrais pas me trouver à la place du type qui essaie de cacher des choses à sa femme.

— Moi non plus », reconnut Garrod. Et il vit, au fond de son verre, à l'endroit où la réflexion et la réfraction créent un univers en miniature, une fille aux cheveux bruns et aux lèvres argentées.

Quand il arriva chez lui une heure plus tard, il, fut surpris de ne pas trouver la maison plongée dans l'obscurité ; plusieurs pièces étaient éclairées et Esther se tenait à la porte d'entrée. Elle portait un manteau de tweed à ceinture et avait noué un foulard autour de sa tête. Garrod descendit de la Mercedes et gravit les marches, habité par un mauvais pressentiment. Les appliques murales lui montrèrent une Esther au visage livide et baigné de larmes. Il se demanda si ce n'était pas là une réaction tardive à sa demande de divorce. Elle lui avait pourtant paru si sûre d'elle...

« Alban, dit-elle rapidement avant même qu'il pût parler. J'ai essayé de te joindre aux labos mais le gardien m'a dit que tu venais de partir.

— Il y a quelque chose qui ne va pas ?

— Est-ce que tu peux m'emmener voir mon père ?

— Il est souffrant ?

— Non. La police vient de l'arrêter. »

Garrod faillit éclater de rire. « Mais ce serait un crime de lèse-majesté ! De quoi l'accuse-t-on ? »

Esther porta ses mains tremblantes à sa bouche et souffla : « Ils disent qu'il a tué un homme. »

CHAPITRE VI

« Toutes les preuves sont là », dit le lieutenant Mayrick avec une désinvolture qui montrait qu'il se trouvait sur un terrain solide et qu'il ne voyait aucun inconvénient à être franc. C'était un homme jeune, aux épaules puissantes, aux cheveux déjà grisonnants et au visage balafré et compétent.

« Quelles preuves ? Jusqu'à présent, personne ne m'a montré la moindre preuve. » Garrod s'efforçait de paraître aussi alerte et compétent que le lieutenant, mais la journée avait été incroyablement longue et le whisky qu'il avait bu en compagnie de McFarlane ne faisait plus effet.

Mayrick ne se démonta pas. « Je sais qui vous êtes, Mr. Garrod. Et je connais votre fortune. Mais je sais également que je n'ai pas à m'incliner devant vous.

— Pardonnez-moi, lieutenant — je suis épuisé et je ne désire qu'une chose, rentrer chez moi et aller me coucher. Mais ma femme ne me laissera pas dormir tant que je ne l'aurai pas rassurée. Que s'est-il passé ?

— Je ne sais pas si cela vous aidera à rassurer Mrs. Garrod. » Mayrick alluma une cigarette et rejeta le paquet sur son bureau.

« L'une de nos voitures se trouvait à l'est de Ridge Avenue peu avant une heure et les agents ont découvert la voiture de Mr. Livingstone, une roue sur le trottoir. Il était affalé sur le volant, complètement drogué. De l'autre côté de la rue se trouvait un cadavre, que l'on a depuis identifié comme étant celui de William Kolkman. Sa mort a été causée par le choc d'une automobile se déplaçant à très grande vitesse. Le pare-chocs avant gauche de la voiture de Mr. Livingstone est bosselé d'une manière qui correspond parfaitement aux blessures de Kolkman, et nous avons déjà établi la corrélation entre les fragments de peinture qui se trouvaient sur ses vêtements et celle de la voiture.

« Qu'en pensez-vous ? » Mayrick se renversa en arrière et tira sur sa cigarette d'un air satisfait.

« On dirait que vous avez déjà reconnu coupable mon beau-père.

— Cela, c'est vous qui le dites — tout ce que j'ai fait, c'est vous rapporter les faits.

— Je n'arrive pas à y croire, dit lentement Garrod. A cause de cette histoire de drogue. Boyd Livingstone est né dans les années 30 et il aime bien l'alcool — il ne considère pas cela comme une drogue — mais il a une horreur profonde de tout ce qui sort d'une boîte à pilules.

— Nous lui avons fait subir un examen médical, Mr. Garrod ; il est plein de M.S.R. » Mayrick ouvrit un dossier bleu et posa devant Garrod un certain nombre d'agrandissements photographiques. « Est-ce que ceci vous paraît plus convaincant ? »

Les photos portaient dans le coin des tampons officiels indiquant l'heure à laquelle elles avaient été prises et montraient Livingstone couché sur le volant ainsi que des gros plans du pare-chocs endommagé ; on pouvait également voir un homme vêtu de pauvres habits recroquevillé dans une mare de sang incroyablement large. Il y avait aussi quelques vues générales de l'accident, prises à la lumière des projecteurs.

« Et cela, qu'est-ce que c'est ? » Garrod indiqua des objets sombres, semblables à des morceaux de roc éparpillés sur la chaussée.

« Ce sont des fragments de boue séchée qui se sont détachés de la direction et de l'intérieur des ailes au moment du choc. » Mayrick sourit pendant un bref instant. « C'est une chose que les cinéastes réalistes oublient toujours quand ils montrent des scènes d'accidents.

— Je vois. » Garrod se leva. « Merci pour tout, lieutenant. Je vais m'efforcer de mettre ma femme devant les faits.

— Il n'y a pas de quoi, Mr. Garrod. »

Ils se serrèrent la main et Garrod quitta le petit bureau mal éclairé. Il parcourut le couloir avant de retrouver Esther en compagnie de Grant Morgan, l'avocat des Livingstone, dans une petite pièce proche de l'entrée principale de l'immeuble de la police. Esther posa sur lui des yeux bruns qui le suppliaient de dire ce qu'elle désirait entendre.

Garrod secoua la tête. « Je suis désolé, Esther. Ça a l'air grave. Je ne vois pas comment ton père pourrait ne pas être inculpé d'homicide.

— Mais... c'est ridicule !

— A nos yeux — oui. Mais à ceux de la police — eh bien, je crois qu'ils ont déjà leur idée bien arrêtée.

— Vous feriez mieux de me laisser m'occuper de cela, Al », intervint Morgan. C'était un homme d'une soixantaine d'années, d'allure aristocratique et impeccablement vêtu, même en pleine nuit. A ce moment précis, il gagnait ses honoraires en essayant de rassurer Esther. « Nous allons bientôt éclaircir cette histoire stupide.

— Bonne chance », répliqua Garrod. Esther lui jeta un regard plein de colère.

« Mr. Morgan, dit-elle. Je sais que tout ceci n'est qu'une erreur et je veux entendre mon père donner sa propre version des faits. Quand puis-je le voir ?

— Tout de suite — je pense. » Morgan ouvrit la porte, chercha du regard quelqu'un qui aurait pu se trouver au-dehors, puis hocha la tête d'un air satisfait. « Tout va bien, Esther. Je ne veux pas que vous vous laissiez tourmenter par le présent aspect de la situation. » Il fit signe à Esther et à Garrod de sortir dans le couloir, où un officier de police et deux hommes les conduisirent vers une autre pièce, située à l'arrière du bâtiment. Ils pénétrèrent dans la pièce tandis qu'un agent en uniforme rangeait des tasses sur un plateau et se préparait à sortir. L'officier et ses deux compagnons, qui conversaient à voix basse avec Morgan, reculèrent dans le couloir pour qu'il puisse fermer la porte. Boyd Livingstone portait un costume de soirée et était allongé sur une sorte de lit d'hôpital. Son visage était anormalement pâle, mais il s'efforça de sourire à Garrod et à Morgan quand Esther se précipita vers lui.

« Ça va mal, murmura-t-il sur l'épaule de sa fille. Est-ce qu'il y a des journalistes ? »

Morgan secoua la tête. « Je vais m'occuper de la presse, Boyd, dit-il d'une voix douce.

— Merci, Grant, mais il va nous falloir des experts, pour cela. Vous feriez mieux de mettre la main sur l'attaché de presse du Parti, Ty Beaumont, pour lui dire de venir me voir immédiatement. Cette histoire risque de mal tourner et il faut absolument que les choses marchent droit. »

Garrod écoutait cette conversation d'un air légèrement surpris, puis il se souvint que son beau-père était le candidat du Parti républicain pour représenter Portston au Conseil régional. Il n'avait jamais pensé que les tardives préoccupations politiques de son beau-père fussent sérieuses, mais il comprit que c'était là une chose importante pour Livingstone et que cette association d'extrême droite qu'était le Parti républicain n'aimerait pas voir son représentant inculpé d'homicide et d'usage de drogue. Livingstone s'attaquait plus particulièrement aux jeux, mais avait une position très marquée pour tout ce qui concernait le vice.

Morgan écrivit quelque chose dans un calepin. « Je vais essayer d'avoir Beaumont au téléphone, Boyd, mais commençons par le commencement. Avez-vous été blessé dans l'accident ? »

Livingstone eut l'air déconcerté. « Blessé ! Comment aurais-je pu être blessé ? cria-t-il, recouvrant une certaine vigueur. Je revenais du dîner des actionnaires de l'Opéra quand j'ai commencé à me sentir tout drôle. Je me suis arrêté le long du trottoir en attendant que cela se passe. J'ai dû m'endormir ou m'évanouir, je ne sais pas, mais je n'ai été impliqué dans aucun accident. Ah çà, non ! » Ses yeux rougis de fatigue observèrent avec méfiance le petit groupe, puis se posèrent sur Garrod, « Salut, Al. »

Garrod fit un signe de tête. « Boyd.

— Bon, nous allons revenir là-dessus, assura Morgan, qui continuait de prendre des notes. Est- ce que l'on a pris beaucoup de drogues au cours du dîner ?

— Comme d'habitude, je pense. Les serveurs les distribuaient comme des confetti.

— *Vous* en avez pris beaucoup ?

— Hé ! Attendez une minute, Grant ! » Livingstone se redressa sur son lit. « Vous savez très bien que je ne touche pas à ce genre de chose.

— Vous voulez dire que vous n'en avez *pas* pris ?

— Evidemment !

— Alors, comment expliquez-vous que la police a découvert dans votre sang, en plus de l'alcool, des traces résiduelles de M.S.R. ?

— Du M.S.R. ? » Livingstone essuya la sueur qui perlait sur son front. « Bon Dieu, mais qu'est-ce que c'est que ce truc-là ?

— C'est une sorte de cannabis synthétique — quelque chose d'assez puissant.

— Vous voyez bien que mon père ne se sent pas bien, intervint Esther. Pourquoi lui...

— Il *faut* que je lui pose toutes ces questions, dit Morgan avec une fermeté que Garrod n'aurait pas attendue de lui, parce qu'elles lui *seront* posées et que nous devons préparer nos réponses.

— Je vais vous la fournir, la réponse, moi. » Livingstone voulut donner une tape amicale sur l'épaule de Morgan mais sa notion des distances devait être altérée, et il ne parvint qu'à battre l'air du bout des doigts. « Quelqu'un m'a fait avaler cette saleté. Tout cela a été combiné pour que je sois battu aux élections. »

Morgan soupira d'un air navré. « Je crains que...

— Ce n'est pas la peine de pleurnicher, Grant. Je vous dis ce qui a dû se passer. De toute façon, cette histoire de drogue ne tient pas debout. On ne peut pas m'inculper d'avoir renversé cet homme tandis que je conduisait sous l'influence de la drogue — parce que j'ai freiné et immobilisé ma voiture avant même qu'il se passe la moindre chose. »

Garrod se rapprocha du lit. « Cela ne change rien, Boyd. J'ai vu les preuves sur les photos.

— Je me fiche pas mal de vos photographies. J'étais là, *moi* — et même si quelqu'un m'a à moitié empoisonné — je sais parfaitement ce que j'ai fait et ce que je n'ai pas fait. » Livingstone attrapa la main de Garrod et la serra en le regardant droit dans les yeux. Garrod se sentit pris de pitié pour ce vieil homme et eut subitement la conviction — illogique — qu'il disait la vérité et que, malgré toutes les preuves déjà accumulées contre lui, le doute était encore permis.

Morgan referma son calepin. « Je crois que j'en sais assez pour l'instant, Boyd. Le plus urgent pour le moment est de vous faire sortir d'ici.

— Je vais retourner voir le lieutenant Mayrick, offrit spontanément Garrod. Réfléchissez encore, Boyd. Est-ce qu'il n'y a pas autre chose dont vous pourriez vous souvenir et qui serait susceptible de vous aider ? »

Livingstone se cala contre son oreiller et ferma les yeux. « Je... j'étais arrêté au bord du trottoir... et j'entendais le bruit du moteur... non, ce n'est pas possible, j'avais dû l'arrêter... je... je vois cet homme devant moi et je *fonce* sur lui... le bruit du moteur est très fort à présent... j'appuie sur le frein, mais cela ne sert à rien... le choc, Al, ce choc mou... quelle horreur !... » Livingstone s'arrêta de parler, abasourdi, comme si une terrible révélation venait de lui être faite, et des larmes apparurent sous ses paupières closes.

Garrod se leva tôt le lendemain matin et prit son petit déjeuner seul, car Esther avait passé la nuit dans la maison de ses parents. Ses paupières étaient lourdes de sommeil, mais il se dirigea vers les laboratoires avec l'intention de se mettre au travail en compagnie de McFarlane et des hommes de loi attachés à sa société. Il lui fut cependant impossible de se concentrer et, après une heure passée en tentatives infructueuses, il se délesta de ses responsabilités sur son principal homme d'affaires, Max Fuente. Quand il se retrouva dans la tranquillité de son bureau personnel, il appela le quartier général de la police de Portston et demanda à parler au lieutenant Mayrick. Une charmante opératrice lui répondit que le lieutenant Mayrick ne prendrait son service qu'à midi.

Garrod pensa alors qu'il commençait à déraisonner. Morgan, qui était rompu aux questions légales, croyait de toute évidence à la culpabilité de Livingstone. Esther s'était faite à cette idée, tout comme Livingstone lui-même, finalement — et, pourtant, il y avait quelque chose qui préoccupait sans cesse l'esprit de Garrod. Mais peut-être n'était-ce là qu'un exemple de l'égotisme intellectuel dont l'avait accusé Esther ? Alors que toutes les autres personnes concernées croyaient vraiment que Livingstone avait tué un homme en conduisant sous l'empire de la drogue, Alban Garrod se sentait, lui, poussé à les confondre et donc à se séparer d'eux en découvrant une vérité insoupçonnée ? *Même ainsi,* se dit-il, *le résultat final sera le même.*

Il réfléchit un instant, puis se décida à utiliser une vieille technique propre à stimuler l'inspiration. Il sortit d'un tiroir un épais bloc de papier puis commença à écrire — bien espacés les uns des autres — un certain nombre de titres récapitulatifs recouvrant tous les aspects dont il pouvait se souvenir des déclarations contradictoires de Mayrick et de Livingstone. Il inscrivit ensuite sous les titres tous les détails — quelle que fût leur importance — et toutes les idées qui lui venaient à l'esprit. La feuille fut presque entièrement noircie au bout d'une demi-heure. Garrod demanda alors qu'on lui apporte du café et regarda fixement la feuille tout en buvant lentement le liquide brûlant. Il en était à sa deuxième tasse, quand il reprit son stylo et entoura une phrase que Livingstone avait prononcée au cours de la nuit précédente. Elle se trouvait classée dans la rubrique VOITURE et disait : « Le bruit du moteur est très fort à présent. »

Garrod était déjà monté dans la Rolls à turbine de Livingstone et connaissait bien ce type de voiture. Il savait, par expérience personnelle, qu'il était virtuellement impossible d'entendre le bruit du moteur, même à grande vitesse.

Tout en finissant sa tasse de café, il entoura une autre phrase, puis appela Grant Morgan. « Bonjour. Comment va notre prisonnier ?

— Il est sous sédatifs et dort à poings fermés. » Morgan avait l'air impatient. « Est-ce que vous vouliez me voir pour quelque chose de particulier, Al ? L'histoire de Boyd me donne pas mal de travail, vous savez.

— A moi aussi, imaginez-vous. Il a dit la nuit dernière qu'il avait été drogué par quelqu'un qui désirait le voir battu à ces élections. Je sais à quel point cela peut paraître ignoble — mais y a-t-il *quelqu'un* qui possède de bonnes raisons de vouloir l'écarter du Conseil ?

— Attention, Al, vous vous emballez...

— Exactement, et j'en suis conscient. Allez-vous répondre à ma question ou devrai-je aller faire mon enquête en ville ? »

Morgan haussa les épaules d'une manière fort inconvenante. « Eh bien, vous savez ce que Boyd pense du jeu. Depuis quelque temps, il cherche à renforcer la législation concernant les maisons de jeux et il est certain qu'il va faire voter des lois très dures s'il parvient à se faire élire au Conseil. Cependant, je ne crois pas...

— Cela ira comme ça. Je ne m'intéresse pas vraiment aux mobiles — seulement à leur probabilité. Autre chose : êtes-vous déjà monté dans la voiture de Boyd ?

— C'est une Rolls, n'est-ce pas ? Oui, je suis allé plusieurs fois avec lui.

— Est-ce que le moteur fait beaucoup de bruit ? »

Morgan eut un bref sourire. « Pourquoi ? Il y a un moteur ? J'ai toujours eu la sensation d'être tiré par un fil invisible.

— Voulez-vous dire que vous n'avez jamais entendu le bruit du moteur ?

— Euh... oui.

— Alors, comment expliquez-vous la phrase que Boyd a prononcée la nuit dernière ? » Garrod prit son bloc de papier et lut : « Le bruit du moteur est très fort à présent. »

— Si je devais fournir une explication, je dirais que l'un des effets possibles du M.S.R. est l'accroissement de la conscience sensorielle.

— Cela est-il compatible avec le fait de tomber inconscient sur son volant ?

— Je ne suis pas expert en la matière, mais...

— N'y pensez plus, Grant. Je vous ai assez dérangé comme cela. » Garrod coupa la communication et reprit l'étude de ses notes. Un peu avant midi, il prévint sa secrétaire, Mrs. Werner, qu'il sortait pour vaquer à des affaires personnelles, puis quitta les bureaux de la société et se dirigea vers le quartier général de la police, sous un ciel gris métallique. Le bâtiment était envahi par le public et il dut attendre une vingtaine de minutes avant de pouvoir pénétrer dans le bureau du lieutenant Mayrick.

« Désolé de vous avoir fait attendre, lança Mayrick quand les deux hommes s'assirent de part et d'autre du bureau, mais c'est un peu à cause de vous si nous sommes surchargés de travail.

— Comment cela ?

— A cause de tous les yeux de verre actuellement utilisés un peu partout. Les voyeurs n'avaient pas beaucoup d'importance ; quand il y avait plainte, ou bien le type s'enfuyait ou bien vous le rattrapiez, mais les risques encourus empêchaient cette habitude de devenir un véritable passe-temps. Tandis qu'à présent les voyeurs placent des morceaux de verre partout — chambres d'hôtel, toilettes publiques, enfin dans tous les endroits possibles et imaginables. Quand quelqu'un s'aperçoit de la présence du morceau de verre, il faut surveiller l'endroit et attendre que le voyeur revienne pour récupérer ce qui lui appartient. Il faut ensuite prouver que c'est lui qui a placé cet objet en cet endroit...

— Je suis désolé. »

Mayrick, d'un geste, montra qu'il faisait fort peu de cas des regrets de Garrod. « Pourquoi êtes-vous venu me voir ?

— Vous devez vous douter que cela concerne l'inculpation de mon beau-père. Est-ce que vous refusez absolument d'envisager la possibilité que tout cela ait pu être truqué et qu'on ait voulu le perdre ? »

Mayrick sourit et tendit la main vers son paquet de cigarettes. « Je sais que cela ne fait pas très bien d'admettre que l'on a l'esprit obtus, mais il m'arrive quelquefois d'en avoir assez de jouer au type à l'esprit large, ouvert à toutes les hypothèses, etc. Alors, je vous réponds oui — je refuse d'envisager une telle possibilité. Ensuite ?

— Cela vous dérange-t-il si je vous pose quelques questions de détail ?

— Non. Allez-y. » Mayrick fit un geste large qui engendra des tourbillons de fumée.

« Merci. Premièrement — j'ai appris à la radio ce matin que William Kolkman, l'homme qui a été tué, travaillait à la piscine située près du fleuve. Pouvez-vous me dire ce qu'il faisait dans Ridge Avenue à cette heure de la nuit ?

— Je n'en sais rien. Il avait peut-être l'intention de cambrioler une maison bourgeoise — mais cela ne donne pas le droit aux conducteurs de véhicules de l'inscrire à leur tableau de chasse.

— Vous ne pensez pas que c'est important ?

— Non.

— Ni même que cela ait un quelconque rapport avec notre affaire ?

— Non. Autre question ?

— Mon beau-père a dit, en évoquant les souvenirs qu'il avait de l'accident, que le moteur était très bruyant. Pourtant... » Garrod hésita en prenant subitement conscience du manque de poids de son argument, « ... sa voiture ne fait aucun bruit.

— Votre beau-père a bien de la chance de posséder une telle voiture, dit Mayrick d'une voix volontairement neutre. Qu'est-ce que cela change ?

— Eh bien, s'il a entendu...

— Ecoutez, Mr. Garrod, lança brusquement Mayrick, qui commençait à perdre patience. En laissant de côté le fait que votre beau-père était tellement bourré de M.S.R. qu'il a dû se croire aux commandes d'un bombardier — d'autres personnes ont entendu cette voiture prétendument silencieuse. Je possède les déclarations signées de personnes qui, ayant entendu la collision, se trouvèrent sur place dans les trente secondes et virent Kolkman se vider de son sang et Mr. Livingstone assis dans la voiture qui l'avait renversé. »

Garrod était abasourdi. « Vous ne m'avez pas parlé des témoins, hier soir.

— Probablement parce que j'avais beaucoup de travail. Et je vais être encore très pris aujourd'hui. »

Garrod se leva et se prépara à sortir mais ne put s'empêcher d'ajouter, d'une voix pleine d'obstination : « Vos témoins n'ont pas vraiment *vu* l'accident ?

— Non, Mr. Garrod.

— Quelle sorte d'éclairage y a-t-il dans Ridge venue ? Des panneaux de Retardite ?

— Pas encore. » Mayrick paraissait amusé. « Les gens fortunés qui habitent ce quartier sont opposés à l'installation de plaques de verre-espion à proximité de leur domicile et le Conseil municipal ne parvient pas à les obliger à accepter.

— Je vois. » Bredouillant, Garrod s'excusa d'avoir dérangé le lieutenant, puis quitta le bâtiment. La faible lueur d'espoir qu'il avait eue de parvenir à démontrer que tout le monde s'était trompé pour l'accident de Livingstone s'était éteinte, mais il se rendit pourtant compte qu'il était incapable de revenir aux laboratoires. Il se dirigea vers le nord, lentement d'abord, puis plus vite quand il comprit finalement où il allait.

Ridge Avenue était une artère recouverte de béton armé et bordée d'arbres, qui montait en pente douce vers une petite retombée des Cascades. Garrod identifia l'endroit où l'accident avait eu lieu — des marques avaient été tracées à la craie jaune sur la chaussée — et s'arrêta non loin de là. Très embarrassé, il descendit de voiture et contempla le paysage endormi des toits verts, des pelouses et des sombres ramures. Un tel quartier n'avait pas vraiment besoin de *scenedows ;* la vue qu'on avait depuis les maisons était très agréable, mais des panneaux d'un seul tenant aux dimensions des baies étaient suffisamment onéreux pour constituer des signes extérieurs probants du niveau de vie des habitants, et, partant, se devaient d'être installés. De fait, sur les six appartements donnant sur le lieu de l'accident, deux possédaient des fenêtres ressemblant à de grands rectangles taillés dans le flanc d'une colline.

Il revint à sa voiture et appela sa secrétaire par le vidéophone de bord. « Hello, Mrs. Werner ! J'aimerais que vous me trouviez le nom de la boutique qui a fourni un grand *scenedow* aux occupants du 2008 Ridge Avenue. Faites cela tout de suite, s'il vous plaît.

— Bien, Mr. Garrod. » L'image miniature de Mrs. Werner se teinta de la désapprobation qui accompagnait toujours les tâches qu'elle considérait ne pas faire partie de ses attributions.

« Quand ce sera fait, contactez le gérant de la boutique et demandez-lui de racheter le *scenedow.* Qu'il donne la raison qui lui plaira et qu'il paie le prix qu'on lui demande.

— Bien, Mr. Garrod. » Le visage de Mrs. Werner était de plus en plus sombre. « Ensuite ?

— Faites-le livrer chez moi. Ce soir, si possible. »

Garrod avait d'abord eu l'intention de ne pas aller au bureau pendant une période indéterminée, mais cinq malheureux jours d'absence — sans parler des remarques résignées de Mrs. Werner — avaient accumulé tant de travail qu'il dut accepter à contrecœur de passer plusieurs heures dans son entreprise. Il rangea sa voiture à la place qui lui était réservée et resta quelques instants assis au volant pour tenter de se débarrasser de sa lassitude. L'après-midi touchait à sa fin : le soleil inondait le monde de ses rayons rouge et or et les bâtiments voisins avaient un aspect bizarrement irréel ; au loin — perdues au milieu des usines — de minuscules silhouettes blanches disputaient une partie de tennis. Un rai de lumière, doux et nostalgique, se posait sur les joueurs silencieux et faisait d'eux des sujets d'enluminure médiévale. Garrod se rappelait vaguement avoir observé une scène semblable, quelques années auparavant, et ce souvenir était pour lui plein de sens, comme s'il était indissociable d'un événement important de sa vie, qu'il ne parvenait pourtant pas à situer avec précision. Un bruit de pas sur le gravier le tira de ses rêveries et il se tourna pour voir Theo McFarlane s'approcher de lui. Il prit sa serviette et descendit de voiture.

McFarlane pointa l'index vers lui. « Planck, vous êtes trop inconstant !

— Ça va, Mac. » Garrod lui fit un signe de tête en guise de salut. « Rien de nouveau ?

— Pas pour l'instant. J'ai tracé toute une série de fréquences et mis les courbes distance-temps dans l'ordinateur, mais cela va sûrement demander du temps avant que nous n'obtenions quelque chose. Et toi ?

— C'est à peu près pareil, sauf que j'essaie d'hétérodyner plusieurs fréquences simultanées pour voir s'il n'est pas possible d'accélérer l'effet de balancier.

— Je crois que tu essaies d'aller un peu trop vite, Al, dit McFarlane d'un air dubitatif. Nous avons accéléré une cinquantaine de panneaux supplémentaires et, à chaque fois, nous avons obtenu la même explosion de lumière. J'apprécie beaucoup ton idée de faire chez toi des recherches sur les fréquences multiples, mais je ne vois vraiment pas comment cela pourrait stabiliser le...

— Je t'ai déjà dit pourquoi je ne pouvais pas me permettre de venir ici trop souvent. Esther croit que son père ne pourra pas supporter sa détention — cela d'un point de vue strictement médical — et que c'est la fin de sa carrière politique, à moins que...

— Enfin, *Al !* Même si quelqu'un avait voulu le perdre, il n'y aurait jamais réussi dans de telles circonstances. C'est une chose pénible, mais il est évident qu'il a renversé et tué cet homme.

— C'est peut-être trop évident, dit Garrod avec obstination. C'est peut-être trop simple. »

McFarlane soupira et racla le gravier du bout de sa chaussure, faisant apparaître des couches plus humides. « Et puis, tu ne devrais pas travailler chez toi avec du verre de deux ans, Al. Tu as vu le genre d'éclair qui est sorti d'un verre de trois jours d'épaisseur...

— La chaleur ne s'emmagasine pas. L'éclair ne risque pas de mettre le feu à mon labo.

— Même ainsi...

— Theo, l'interrompit Garrod. Ne m'attaque pas là-dessus, veux-tu ? »

McFarlane leva ses épaules carrées d'un air résigné. « Moi ? T'attaquer ? J'ai toujours été un judoka de l'esprit. Tu sais ce que je pense des contacts avec les gens — il ne peut y avoir d'action sans réaction. »

Subitement, inexplicablement, ces paroles parurent toucher Garrod en plein cœur. McFarlane lui fit un au revoir de la main avant de se diriger vers sa voiture personnelle. Garrod s'efforça de lui retourner son geste, mais toute son attention se portait sur les troubles qu'il ressentait au plus profond de son être. Ses genoux ne le portaient plus, son cœur se mit à battre d'une manière lente et irrégulière et un frisson le parcourut du ventre jusqu'à l'aine. Son crâne s'emplit d'une douleur sourde qui augmenta rapidement en intensité et explosa en une sorte d'orgasme psychique.

« Theo, dit-il lentement. Je n'ai plus besoin de verre lent — je sais ce qui s'est passé. »

Mais McFarlane ne l'entendit pas et monta dans sa voiture, qui s'éloigna bientôt. Garrod demeura totalement immobile au milieu du parking jusqu'à ce que la voiture ait complètement disparu, puis sortit de sa transe et courut jusqu'à son bureau. Mrs. Werner l'attendait, son visage jaunâtre tendu d'impatience.

« Je peux rester encore seulement pendant deux heures, commença-t-elle, et il faudrait... »

Garrod lui coupa la parole. « Rentrez *tout de suite* chez vous. Je vous verrai demain matin. »

Il pénétra dans son bureau personnel, referma brutalement la porte et s'effondra dans un fauteuil. *L'action et la réaction.* C'était aussi simple que cela. Un homme et une voiture se rencontrent à une certaine vitesse, avec une violence telle que le pare-chocs de la voiture est bosselé et que l'homme est tué. Les voitures se déplaçant habituellement à grande vitesse et les hommes marchant lentement, un enquêteur se rendant sur place est conditionné pour ne donner qu'une seule interprétation de l'accident. Dans le contexte de la vie quotidienne, c'est la voiture qui a heurté l'homme ; mais, vu sous l'angle de la mécanique pure, le même résultat fatal serait obtenu si c'était l'homme qui avait heurté la voiture.

Garrod se prit la tête dans les mains pour essayer de se représenter la scène. Vous droguez le conducteur de la voiture, en calculant soigneusement la dose et le moment auquel elle est administrée afin qu'il perde toute maîtrise de lui-même approximativement à l'endroit que vous aurez choisi. S'il se tue, ou s'il tue quelqu'un d'autre pendant ce temps-là, vous n'avez pas besoin de passer à la seconde phase de votre plan. Mais s'il arrête normalement sa voiture, vous êtes prêt à intervenir avec une victime ayant été préalablement endormie ou assommée. Vous l'accrochez à un véhicule — une dépanneuse dotée d'une grue fait très bien l'affaire — et vous lui faites violemment heurter la voiture arrêtée. Il rebondit sur celle-ci pour que son cadavre soit découvert à quelques mètres de là et vous vous enfuyez à toute vitesse, probablement tous feux éteints.

Garrod ressortit du tiroir son bloc de papier et cocha tous les points entrant dans le cadre de cette nouvelle théorie. Cela expliquait la présence de Kolkman dans Ridge Avenue à une heure aussi avancée ; cela expliquait aussi le bruit de moteur qu'avaient entendu Livingstone et les autres témoins. « J'appuie sur le frein mais cela ne sert à rien », avait dit Livingstone sous l'effet du choc — appuyer sur le frein n'aurait rien changé puisque sa voiture était déjà arrêtée.

Mais comment pourrait-on, à ce stade, prouver qu'il y avait eu crime ? L'autopsie de la victime montrerait qu'elle présentait des traces d'une drogue quelconque dans le sang, ou portait une blessure supplémentaire qui ne pourrait lui avoir été infligée au cours de l'« accident ». L'étude de ses vêtements ferait découvrir la marque d'un croc ou de quelque autre système ayant servi à suspendre le corps, et la vérification des panneaux de verre lent destinés à la surveillance et disposés dans les rues menant au quartier de Ridge Avenue prouverait qu'une dépanneuse, ou tout autre véhicule faisant le même usage, s'était trouvée à l'heure fatidique en ce lieu.

Garrod se décida à appeler Grant Morgan et se tournait vers le vidéophone quand le vibreur d'appel de l'appareil se mit à bourdonner. Il établit la communication et se retrouva en face de sa femme. Le décor d'étagères et de matériel d'équipement varié lui apprit qu'Esther était entrée dans son laboratoire personnel.

Elle porta nerveusement la main à ses cheveux aux reflets cuivrés. « Alban, je...

— Comment es-tu entrée ? s'insurgea-t-il. J'ai fermé la porte à clef et je t'ai déjà dit de ne pas traîner par ici.

— Je le sais bien, mais j'ai entendu une sorte de bourdonnement et j'ai ouvert en prenant la clef réservée au service d'entretien. »

Garrod sentit une sueur froide l'inonder. Le bourdonnement devait être produit par le système de contrôle automatique qui signalait que la constante piézoluctique du *scenedow* n'était plus une constante et qu'elle s'était mise à augmenter. Son appareillage était programmé pour empêcher le véritable bombardement lumineux qui se produirait dans un tel cas, mais absolument rien ne lui garantissait qu'il fonctionnerait normalement. Le panneau de verre, lent pouvait à tout moment rendre l'explosion d'une nova.

« ... le *scenedow* se comporte d'une manière bizarre, était en train de dire Esther. Il est maintenant plus lumineux et tout est devenu beaucoup plus rapide. Regarde ! » Le vidéophone fit un mouvement panoramique et s'arrêta quand le *scenedow* emplit toute la surface de l'écran. Garrod vit alors un lac bordé d'arbres et des montagnes se dresser à l'horizon. Le paysage aurait dû être paisible mais révélait une activité inhabituelle. Les nuages couraient dans le ciel, les animaux et les oiseaux passaient si rapidement qu'ils en devenaient presque invisibles, et le soleil tombait comme une bombe.

Garrod s'efforça de ne pas laisser la panique qui l'envahissait transparaître dans sa voix. « Esther, ce panneau va exploser. Il faut que tu sortes immédiatement du laboratoire et que tu refermes la porte derrière toi. Va-t'en tout de suite !

— Mais... tu m'avais dit que nous pourrions voir quelque chose susceptible de sauver mon père.

— Esther ! hurla-t-il. Si tu ne sors pas *tout de suite,* tu ne verras plus jamais rien ! Sors de là, pour l'amour de Dieu ! »

Après un instant d'incertitude, il entendit le bruit d'une course et la porte se refermer violemment. Sa peur diminua quelque peu — Esther était en sécurité — mais le spectacle du *scenedow* prêt à transformer deux années de lumière en un seul grand éclair le cloua à son fauteuil. Le soleil plongea derrière les montagnes et la nuit tomba — mais elle ne dura qu'une minute, pendant laquelle la lune traversa le ciel comme un boulet d'argent. Un autre jour passa en dix secondes, vif comme les feux de l'enfer, puis...

Saturé, l'écran du vidéophone devint blanc.

Garrod essuya la sueur qui collait à son front, et les circuits du vidéophone se branchèrent d'eux-mêmes un instant plus tard sur les circuits de secours. Au retour de l'image, le *scenedow* n'était plus qu'une surface d'obsidienne polie, sombre comme la nuit. Les parties du laboratoire qu'il pouvait voir sur les bords du panneau de verre lent lui parurent étrangement décolorées, comme s'il les voyait sur l'écran d'une télévision noir et blanc. Quelques secondes plus tard, il entendit la porte se rouvrir, puis le son de la voix d'Esther.

« Alban, dit-elle timidement, la pièce a changé. Il n'y a plus de couleurs nulle part.

— Tu ferais mieux de rester dehors en attendant que j'arrive.

— Mais il n'y a plus de danger à présent — et la pièce est toute blanche. Regarde ! » Le vidéophone fit un nouveau mouvement panoramique et il vit Esther — cheveux roux et robe vert bouteille — se détacher d'une manière étonnante sur le décor livide de la pièce. De nouvelles vagues d'alarme traversèrent l'esprit de Garrod.

« Ecoute, lui dit-il, mal à l'aise, je suis toujours persuadé qu'il vaudrait mieux que tu sortes.

— Mais tout est si *différent*. Regarde ce vase — il était bleu. » Esther retourna le petit vase, découvrant un disque de la couleur originale sur le fond qui avait été protégé de la lumière. Le sentiment de panique de Garrod s'accrut encore et il s'efforça de faire travailler son cerveau engourdi. Quels dangers pouvait bien présenter le laboratoire puisque le *scenedow* s'était débarrassé de toutes ses réserves de lumière ? Celle-ci avait été absorbée par les murs, le plafond et...

« Esther, protège-toi les yeux et sors ! dit-il d'une voix rauque. Le labo est plein de panneaux de verre expérimentaux et certains n'ont des retards que de... »

La voix de Garrod mourut quand l'écran s'illumina à nouveau. Esther se mit à hurler, perdue au milieu d'un réseau de rais de lumière, et son image flamboya tel un spectre, comme si elle se trouvait prise dans un feu croisé de lasers. Garrod courut vers la porte de son bureau, mais la voix d'Esther le poursuivit dans le couloir et pendant tout le chemin de retour.

« Je suis aveugle ! hurlait-elle. Je suis aveugle ! »

CHAPITRE VII

Eric Hubert était un homme étonnamment jeune pour être devenu l'un des plus grands spécialistes au sein de sa profession. Il était rose et rebondi, et avait certainement perdu trop tôt ses cheveux puisqu'il portait une des plus modernes perruques vaporisées. Une matière organique et adhésive de couleur noire avait été étalée sur son crâne, telle un invraisemblable crêpe de veuve, puis une sorte de duvet noir et soyeux avait été pulvérisé par-dessus. Garrod avait du mal à voir en lui un des meilleurs ophtalmologistes de l'hémisphère ouest et se sentait étrangement heureux qu'Esther ne puisse se rendre compte de l'aspect que présentait Hubert quand elle s'assit, droite comme un I, de l'autre côté du grand bureau vide.

« Voici l'instant que nous attendons tous », annonça Hubert d'une voix grave et traînante qui n'allait pas du tout avec son allure générale. « Mrs. Garrod, vous en avez fini avec tous ces tests éprouvants. »

C'est mauvais signe, se dit Garrod. *Aurait-il, commencé ainsi si les nouvelles avaient été bonnes ?* Esther se pencha légèrement en avant et son fin visage affichait une apparence d'un calme étudié derrière ses lunettes teintées. La voix aux inflexions lénifiantes d'Eric Hubert paraissait lui apporter un réconfort au milieu de ses ténèbres. Garrod, se réfugiant dans son manque d'à-propos, se souvint d'une amie de Tante Marge ; elle était sur le retour et désirait apprendre le piano mais, embarrassée par son âge, avait choisi un professeur aveugle.

« Quels sont les résultats des examens ? s'enquit Esther avec fermeté, sans montrer la moindre trace d'hésitation.

— Mrs. Garrod, vous avez reçu un drôle de coup dans les gencives. La cornée et le cristallin de chaque œil ont été rendus opaques par l'éclair et — dans l'état actuel de la médecine — la chirurgie ophtalmologique ne peut traiter un tel cas. »

Garrod secoua la tête d'un air incrédule. « Des transplantations cornéennes se font chaque jour. Et l'opacité du cristallin — n'est-ce pas la même chose que la cataracte ? Qu'est-ce qui vous empêche de faire les deux opérations quand bon vous semblera ?

— Nous sommes en présence de conditions physiques entièrement nouvelles. La *structure* même de la cornée a été altérée de manière telle que la moindre greffe serait rejetée au bout de quelques jours. En fait, nous avons de la chance de ne pas assister déjà à une dégénérescence progressive des tissus. Nous pourrions, évidemment, retirer les cristallins comme pendant une simple opération de la cataracte ; vous aviez tout à fait raison.... » Hubert s'arrêta un instant et passa ses doigts dans ce qui lui servait de chevelure. « .... Mais, sans la présence d'une cornée saine et transparente qui puisse transmettre la lumière, votre femme ne connaîtra aucune amélioration. »

Garrod lança un rapide coup d'œil sur le visage paisible d'Esther puis détourna vivement son regard. « Je dois dire que je trouve incroyable que le fait de mettre un cœur de porc dans ma poitrine soit un travail de routine, tandis qu'une simple opération de l'œil....

— Dans notre cas, l'opération ne serait pas aussi simple, Mr. Garrod, le coupa Hubert. Ecoutez — votre femme a reçu un grand coup de pied dans les tibias, mais il faut qu'elle se lève et continue de marcher.

— Ah oui ? » L'habitude qu'avait Hubert de toujours employer des expressions comme « coup dans les gencives » ou « coup dans les tibias » pour désigner l'effroyable catastrophe que constituait pour elle le fait d'être subitement devenue aveugle emplit soudain Garrod d'une colère noire. « Il me semble que....

— Alban ! s'écria Esther, d'une voix pleine d'autorité. Mr. Hubert m'a donné les soins et les conseils les meilleurs que l'on puisse obtenir. Et je suis certaine qu'il doit s'occuper maintenant de nombreux autres patients.

— Mais tu n'as pas l'air de comprendre *ce qu'il te dit !* » Garrod sentait la panique l'envahir.

« Mais si, je comprends parfaitement, chéri. Je suis aveugle — c'est aussi simple que cela. » Souriante, Esther se tourna vers Garrod et enleva ses lunettes, révélant les deux globes blanchâtres qui avaient été ses yeux. « Maintenant, je voudrais rentrer à la maison. »

Garrod ne pouvait décrire que d'une seule manière la réaction qu'il avait eu en face du courage et de l'assurance d'Esther — il avait été humilié.

Pendant tout le temps qu'ils passèrent dans l'ascenseur, il essaya vainement de trouver quelque chose à dire mais son silence ne parut pas la déranger. Ses deux mains étaient posées sur son bras et elle portait la tête fièrement en arrière, le sourire aux lèvres. Plusieurs hommes munis de caméras H.F. les attendaient devant l'entrée principale du Centre médical.

« Je suis désolé, Esther, murmura Garrod. Il y a là plusieurs journalistes de la télévision — quelqu'un a dû les prévenir que nous étions en ville.

— Cela ne fait rien. Tu es un homme célèbre, Alban. » Elle lui serra plus fort le bras quand ils passèrent devant les reporters et pénétrèrent dans la limousine qui les attendait. Garrod se refusa à faire la moindre déclaration et la voiture partit quelques secondes plus tard en direction de l'aéroport. Esther n'avait pas exagéré en disant qu'il était célèbre. Il se trouvait au centre de deux histoires différentes qui avaient retenu l'attention du public — la première était une version à scandale de la façon dont il avait dénoncé, tout seul, le syndicat du jeu de Portston qui avait voulu ruiner la carrière politique de son beau-père ; la seconde racontait en détail les recherches secrètes dont le verre lent avait été l'objet et dont le résultat avait permis la mise au point d'une nouvelle arme terrible qui avait eu pour première victime la propre femme de l'inventeur. Garrod avait d'abord essayé de faire comprendre aux nouveaux médias la portée exacte de la chose, mais c'était tout le contraire qui s'était produit, et il avait adopté une politique de non-communication.

Quand ils furent arrivés à l'aéroport, Garrod distingua, dans la foule, la barbe rousse de Lou Nash et conduisit Esther vers celui-ci. De nouveaux reporters et cameramen attendaient près de son avion mais ils décollèrent peu après et ne mirent que peu de temps pour effectuer le court voyage vers Portston. Ils étaient attendus par un nombre encore plus important de journalistes mais il fut aidé par Manston, son directeur des relations publiques, et se retrouva chez lui en un temps étonnamment court.

« Asseyons-nous dans la bibliothèque, dit Esther. C'est la seule pièce que je puisse voir sans les yeux.

— Bien sûr. » Il la mena vers son fauteuil préféré et s'assit en face d'elle. Le silence brun de la pièce se referma sur eux.

« Tu dois être fatiguée, hasarda-t-il au bout d'une minute. Je vais t'apporter du café.

— Je ne veux rien.

— Un verre ?

— Rien. Je veux simplement rester là avec toi, Alban. Il y a tant de choses auxquelles je dois m'habituer....

— Je comprends. Est-ce que je peux faire quelque chose pour toi ?

— Reste là, c'est tout. »

Garrod hocha la tête et se laissa aller en arrière pour voir le soleil couchant entrer par les hautes fenêtres. La vieille pendule lançait son tic-tac avec une lenteur impassible, créant et détruisant de lointains univers à chaque mouvement de son balancier.

« Tes parents vont bientôt arriver, dit-il, soudain.

— Non — je leur ai dit que nous voulions rester seuls, ce soir.

— Leur compagnie te ferait du bien.

— Tu es toute la compagnie dont j'aie envie. »

Ils dînèrent seuls, puis revinrent dans la bibliothèque. Toutes les fois que Garrod essayait d'entamer la conversation, Esther lui faisait comprendre qu'elle préférait ne rien dire. Garrod jeta un coup d'œil à sa montre — minuit était encore loin, au sommet d'une montagne de temps.

« Tu ne veux pas des sono-livres que je t'ai apportés ? Tu ne veux rien écouter ? »

Esther secoua la tête. « Tu sais bien que je n'ai jamais beaucoup apprécié la lecture.

— Mais c'est différent. Tu aurais l'impression d'écouter la radio.

— Si je le voulais, je pourrais *vraiment* écouter la radio.

— Il y a que.... N'y pense plus. » Garrod s'efforça de rester silencieux, puis saisit un livre et commença à lire.

« Que fais-tu ?

— Rien — je lis. »

« Alban, il y a quelque chose qui me ferait plaisir, dit soudain Esther au bout d'une quinzaine de minutes.

— Qu'est-ce que c'est ?

— Pourrions-nous regarder la télévision ensemble ?

— Euh..., je ne comprends pas ce que tu veux dire.

— Nous pourrions mettre un appareil chacun. » Esther était impatiente comme une enfant. « J'écouterais le son sur mon appareil et tu pourrais me dire ce qui se passe si je manque quelque chose de visuel. Comme cela, nous participerions tous les deux. »

Garrod hésita. Esther avait dit une nouvelle fois « tous les deux », ce qu'elle faisait fréquemment depuis plusieurs jours déjà. Ni lui ni elle n'avait soulevé à nouveau le problème de leur divorce.

« Très bien. » Il s'approcha d'un tiroir, prit deux appareils à Tri-D et en plaça un sur le visage calme et attentif d'Esther. La montée vers minuit se faisait plus longue et plus pénible.

Le matin du quatrième jour, il prit Esther par les épaules et la tint en face de lui. « Je suis d'accord, dit-il. Je suis d'accord pour reconnaître que je suis partiellement responsable de ta cécité, mais je ne puis plus supporter cela.

— Qu'est-ce que tu ne peux plus supporter, Alban ? » Elle avait l'air étonné, choqué.

« *Ce châtiment.* » Garrod prit une profonde inspiration. « Tu es aveugle, mais, *moi*, je ne le suis pas. Il faut que je m'occupe de mon travail...

— Mais c'est pour cela que tu as engagé des directeurs commerciaux !

— ... et de ma propre vie, Esther.

— Tu veux toujours divorcer ! » Esther se dégagea de son étreinte, courut quelques mètres, puis s'affala sur une table basse. Elle n'essaya pas de se relever et resta allongée sur le sol pour pleurer en silence. Garrod regarda un instant sa femme, désemparé, puis la prit dans ses bras.

L'après-midi de ce jour-là, il reçut un appel de McFarlane. Le responsable de la recherche avait l'air pâle et fatigué mais ses yeux — amenuisés par ses verres à double foyer — luisaient comme des zircons. Il demanda tout d'abord des nouvelles d'Esther, mais ne put parvenir à cacher sa vive émotion.

« Esther va très bien, lui apprit Garrod. Il y a évidemment cette période d'adaptation...

— Je m'en doute. Euh... quand penses-tu venir aux labos, Al ?

— Bientôt. Dans quelques jours, peut-être. Ne m'as-tu appelé que pour passer le temps ?

— Non. En fait... »

Garrod eut un pressentiment. « Theo, *tu as réussi,* n'est-ce pas ? »

McFarlane hocha la tête d'un air solennel. « Nous sommes enfin parvenus à maîtriser l'émission accélérée. Il s'agissait d'un effet de balancier assez direct, mais avec une fréquence variable contrôlée par une rétroaction sur la fréquence des rayons X. Les gars travaillent en ce moment sur un morceau de verre lent et s'en servent comme d'un cinéma d'amateur. On peut transformer une heure en une minute, ralentir quand on en a envie, et presque immobiliser les images.

— *La maîtrise totale ! Enfin !...*

— Je t'avais dit qu'il me faudrait trois mois pour réussir, Al — et cela ne fait que dix semaines. » McFarlane parut soudain gêné, comme s'il avait dit quelque chose qu'il aurait préféré taire, mais Garrod comprit immédiatement ce que cela signifiait. S'il n'avait pas été assez égoïste pour essayer, en dépit des nombreuses années de recherche en équipe aux laboratoires, d'arriver au résultat tout seul, sa femme n'aurait pas perdu la vue. La responsabilité et la culpabilité n'appartenaient qu'à lui seul.

« Félicitations, Theo », dit-il, sincère.

McFarlane hocha la tête. « Je croyais d'abord que j'allais sauter de joie. La Retardite est désormais parfaite. Le retard d'origine était la seule chose qui nous causait des problèmes — mais, à partir d'aujourd'hui, le plus petit morceau de verre lent est supérieur à la caméra la plus perfectionnée du monde. Tout ce qui existait avant n'est rien en comparaison de cette découverte.

— Alors, qu'est-ce qui te tracasse, Theo ? »

— Je viens juste de comprendre que je ne serai peut-être plus jamais véritablement seul.

— Ne t'en fais pas pour cela, lui dit Garrod avec calme. C'est une chose à laquelle nous devrons tous nous faire, à présent. »

DIGRESSION TROISIÈME

Tel un dôme de verre...

Tel un dôme de verre aux multiples couleurs
La vie teinte l'éclat blanc de l'Eternité.

P. B. SHELLEY.

Le duel qui opposait l'Auteur du Plan et le Soldat entrait dans sa sixième année.

C'était une lutte tranquille mais acharnée, rendue d'autant plus remarquable par le fait qu'elle avait duré plus de quelques semaines. D'après les règles naturelles qui régissent ce genre de chose, l'Auteur du Plan aurait dû en être sorti victorieux à un stade bien antérieur — alors que toutes les ressources, tous les avantages étaient de son côté.

L'Auteur du Plan s'appelait Lap Wing-chon et, bien qu'il eût sa chance dans la course à la succession du président Lin, il avait, dans sa province, une réputation telle qu'il possédait l'autorité d'un empereur. C'était un brillant ingénieur civil — c'était sa profession qui lui avait valu ce surnom populaire — qui avait accédé à la politique, acquis une réputation de théoricien et semblé, à une certaine période de sa longue existence, destiné à travailler aux côtés du chef de l'exécutif de la République populaire. Sa progression dans cette voie avait été contrecarrée par les faiblesses que représentaient son égotisme et son provincialisme ; mais c'étaient ces mêmes défauts qui avaient renforcé sa position vis-à-vis des habitants de l'estuaire où il était né. Le système de contrôle des crues qu'il avait créé et fait construire malgré certaines directives antérieures du plan national concernant la productivité du pays, avait protégé pendant cinq ans un demi-million environ de vies humaines. Il était obstiné, rusé, dur, chauvin — et aimé du peuple. Dans les limites de sa province natale, Lap Wing-chon était arrivé au pouvoir absolu. Par exemple, il aurait pu, pendant les six années de son duel, se débarrasser comme il le voulait du Soldat ; mais ce n'était là ni sa manière d'agir ni ce qu'il avait décidé de faire.

Le Soldat n'avait rien d'un simple homme de troupe, et c'était la nature même de leur lutte qui faisait que seuls Lap Wing-chon et lui étaient capables de savoir, ou plus exactement de comprendre, pourquoi il était ainsi nommé. Il s'appelait Laurence Bell Evans. Il était né à Portsmouth, en Angleterre, mais avait grandi dans le Massachusetts. Puis il était devenu lieutenant dans l'U.S. Air Force et, au cours d'un vol de Manille à Séoul, son avion avait été frappé par la foudre et s'était écrasé sur le domaine de l'Auteur du Plan. Evans, le navigateur, avait été le seul survivant. Vingt ans plus tôt, il aurait été ramené à Pékin et rendu à son pays par la voie diplomatique, mais un changement considérable s'était produit au sein du Parti. L'aviateur n'avait aucune valeur politique et, de ce fait, son sort reposait entièrement entre les mains de Lap Wing-chon.

L'Auteur du Plan et le Soldat s'étaient brièvement rencontrés un après-midi où le premier effectuait une visite de routine à la Forteresse du Douzième Siècle ; cet endroit, qui était censé être un monument historique, servait en réalité de lieu de détention aux prisonniers politiques.

Et ce fut le début du duel...

Dans un premier temps, l'Auteur du Plan ne s'était pas senti réellement concerné, et l'affaire ne lui était apparue que comme un simple dérivatif à ses activités habituelles. Il avait instinctivement méprisé Evans pour son apparence dégingandée, son teint de bébé et — surtout — pour la douceur qu'il avait découverte dans les yeux gris et nerveux de l'aviateur. Cette douceur, manque évident de volonté politique ou sociale, avait été ressentie comme un affront à l'existence tout entière de l'Auteur du Plan, et quelque chose l'avait poussé à modeler l'argile que le sort avait placée entre ses mains.

Il avait commencé par coller à Evans l'étiquette classique. Il était évident que l'Américain avait été engagé dans des activités hostiles à la République. En outre, l'U.S. Air Force avait déclaré qu'il avait péri avec le reste de l'équipage ; c'est pourquoi nulle machinerie politique n'avait été mise en branle en faveur d'Evans. Il était seul et pouvait disparaître sans laisser de trace. La République avait le droit de l'exécuter sans délai, mais les idéaux humanitaires qui habitaient les chefs de la Révolution les avaient incités à se montrer généreux. Si Evans voulait confesser son erreur et reconnaître les crimes abominables de ses maîtres, il serait immédiatement renvoyé dans son pays.

Et, comme on pouvait s'y attendre, Evans avait refusé. Lap Wing-chon avait souri d'un air patient et plein d'indulgence. Puis il avait accru sa pression.

Ce fut au cours du sixième mois qu'il commença à se rendre compte qu'il avait mal jugé son homme. Evans était politiquement naïf, physiquement faible, et il avait une peur terrible de la souffrance et de la mort — et pourtant il possédait une grande certitude intérieure, une armature philosophique inébranlable.

« *Je veux* signer la confession, *je veux* rentrer chez moi, répétait-il sans cesse, mais nous savons tous les deux que c'est un faux — aussi ne puis-je pas signer. »

Et, une fois, il lui déclara : « Si vous croyiez vraiment ce qui est écrit sur ce papier, je pourrais le signer et vous tromper par là même, car cela n'aurait plus beaucoup d'importance. Mais vous savez la vérité, et moi aussi je sais la vérité, et ce que vous me demandez de faire, c'est m'asseoir devant vous et renier... *volontairement* renier toute ma vie passée. Et, cela, je ne le peux pas. »

A cette époque, Lap Wing-chon appelait toujours son prisonnier « Evans » ou l'« Américain » — puis, un matin, Evans fut trouvé dans sa cellule, souffrant d'une pneumonie lobaire. Pendant ses accès de fièvre, Lap le veilla anxieusement, redoutant l'intervention de la mort ; et, au cours d'une de ces veilles, le jeune homme délira.

« *La nuit précédente...* » — les mots étaient tout juste audibles dans la grande salle de l'hôpital — « *La nuit précédente, au milieu de ses compagnons, il plaisantait, buvait, jurait...* »

L'Auteur du Plan, méticuleux en toute chose, reporta ces paroles sur son bloc-notes et, plus tard, quand il fut certain qu'Evans était sauvé, en rechercha l'origine.

Ce fut avec curiosité qu'il prit la photocopie apportée par son secrétaire ; la lecture d'un poème intitulé *The Private of the Buffs* [1] lui causa un tel étonnement qu'il mit de côté le papier. Les vers — il ne pouvait considérer cela comme de la poésie — contaient une histoire présentant des ressemblances évidentes avec la situation d'Evans. Un Anglais, seul, aux mains des Chinois... à qui l'on a ordonné de se prosterner... refuse de céder et accepte la mort plutôt que le déshonneur. L'idée que tout homme adulte puisse être influencé par les principes impérialistes représentés dans ce texte, et qu'il puisse même les chérir, cette idée amusait et effrayait en même temps l'Auteur du Plan. De plus, cela modifia l'opinion qu'il avait d'Evans car, maintenant, il savait à quel niveau politique primitif se recoupaient sa vie et celle de son prisonnier. Ce n'était pas un conflit idéologique, mais bien un conflit d'idées fondamentales.

Il se passa plusieurs mois avant qu'il ne revînt voir Evans dans sa cellule. Ce dernier ne fut pas surpris de sa visite parce qu'il était dans une période où on lui permettait d'avoir de nombreux contacts humains. L'Auteur du Plan commença par parler de choses et

1. *The Private of the Buffs,* poème de Sir Francis H. Doyle (*cf.* infra), conte l'histoire d'un simple soldat appartenant aux Buffs (peaux de buffle), sobriquet officiel de l'East Kent Regiment de l'armée britannique (appelé ainsi à cause de la couleur des parements dans l'ancien uniforme). *(N.d.T.)*

d'autres avant d'aborder le sujet du poème proprement dit.

« Je crois que vous m'avez dit aimer la poésie, commença-t-il.

— Moi ? Je ne m'en souviens pas.

— Je peux m'arranger pour vous procurer des anthologies.

— Vraiment ? remarqua Evans sur un ton indifférent.

— Quels sont vos poètes préférés ?

— Les meilleurs. »

L'Auteur du Plan acquiesça de la tête et examina la peau rêche de ses mains. « Les meilleurs ? Que pensez-vous de cet éminent Anglais, faiseur de vers de mirliton, Sir Francis H. Doyle [1] ? »

Evans fronça légèrement les sourcils. « Comme vous venez de le dire, il a écrit des vers merveilleusement pompiers. »

L'Auteur du Plan se mit à rire avec complaisance. « *The Private of the Buffs !* C'est le comble du chauvinisme, non ?

— C'est encore pire que Kipling. A propos, le mot chauvinisme ne s'emploie plus depuis pas mal de temps.

— *Laissons aux sombres Hindous les lamentations et la soumission. Un jeune Anglais* doit *mourir.* N'est-ce pas incroyable ?

— Fantastique. »

La réaction d'Evans ne fut pas celle que l'Auteur du Plan attendait ; aussi changea-t-il de tactique. « C'est ainsi que vous vous voyez, Larry ? « Le brave soldat face à l'ennemi » ?

— Vous plaisantez !

— Mais la ressemblance crève les yeux, insista

1. Sir Francis H. Doyle, poète anglais (1810-1888). D'une famille de militaires, il chercha tout au cours de sa carrière l'héroïsme et les combats. Précurseur de Kipling dont il ne parvient pas à égaler le style et l'inspiration, Doyle est un des écrivains les plus mineurs de la langue anglaise. *(N.d.T.)*

l'Auteur du Plan. Les deux situations sont pratiquement identiques.

— Non. Il y a une très grosse différence.

— Laquelle ?

— Dans le poème, le Chef suprême chinois tue le Soldat dès la première fois qu'il refuse de se prosterner. Vous voyez, le Chef suprême était *sûr* de lui — il lui importait peu de savoir si le Soldat allait céder ou non. » Evans sourit, découvrant des dents qui commençaient à montrer des signes de décalcification. « Mais, vous, vous ne me tueriez pas, n'est-ce pas ? »

Pour la centième fois peut-être, l'Auteur du Plan ouvrit la minuscule boîte gainée de cuir et en examina le contenu. Deux petits disques semblables brillaient dans leur écrin de velours. Ils étaient légèrement bombés et scintillaient de mille feux comme des cabochons taillés dans la pierre la plus précieuse.

Ils sont arrivés juste à temps, pensa-t-il, en refermant la boîte. En six ans, la santé du Soldat a été pratiquement ruinée.

Il prit une profonde inspiration avant de pénétrer dans la discrète chambre d'hôpital où le prisonnier avait été transféré. Le docteur Sing et deux infirmiers tout de blanc vêtus se tenaient à côté du lit. Evans, parfaitement calme, fixait intensément le haut plafond, son corps malade recouvert jusqu'au menton.

« C'est vous, Lap ? demanda-t-il faiblement : M'apportez-vous quelque chose d'agréable, cette fois-ci ?

— Quelque chose de très spécial, Larry. » L'Auteur du Plan ouvrit à nouveau la petite boîte et l'approcha du visage d'Evans.

Evans cligna des yeux. « Des diamants ?

— De la Retardite. Du verre lent. Ce matériau vous est familier, non ?

— Oh ! c'est cela ! » Evans laissa retomber sa tête sur l'oreiller. « On en faisait des bijoux quand j'étais... » Sa voix incertaine s'éteignit.

« A présent, le matériau a des utilisations bien plus

diversifiées et importantes. Récemment, des techniques ont été développées afin de contrôler l'émission de la lumière emmagasinée. Il est possible, maintenant, de voir l'une quelconque des scènes qu'un morceau de verre lent a enregistrées à l'instant précis où vous désirez la voir. » L'Auteur du Plan avait tout fait pour que sa voix ne révèle point l'excitation, l'intérêt et la crainte qui bouillonnaient en lui,

« Et qu'ai-je à voir avec tout cela ?

— Regardez à nouveau dans cette boîte, Larry. Regardez *les formes*. A quoi vous font-elles penser ? »

Evans souleva sa tête avec un effort évident. « Deux petits dômes de verre. On dirait des verres de contact. C'est pour moi ? »

L'Auteur du Plan hocha la tête. « Très bien, Larry. Vous allez partir en voyage.

— Pour quelle destination ? » La voix d'Evans était prudente, maintenant.

« Avez-vous entendu parler d'un village vietnamien appelé My Lai ? »

— Je n'en suis pas sûr.

— Votre mémoire a besoin d'être rafraîchie. Votre voyage vous conduira à My Lai et dans une centaine d'endroits similaires. Dans certains cas, ce que vous verrez aura été filmé sur place — après — mais, au fur et à mesure que le temps passera, vous contemplerez les scènes véritables, grâce au verre lent. *Vous y serez*, Larry. Pour vos yeux, vous serez réellement présent dans tous ces endroits, au cœur de l'action. Et, même lorsque vous dormirez, vous serez là-bas, regardant, regardant encore...

— De quelle sorte d'endroits voulez-vous parler ?

— Vous verrez. Vous allez faire un voyage organisé dans toutes les contrées du monde que votre pays a libérées grâce au napalm et aux tapis de bombes. Vous allez vous voir tel que les autres vous ont vus.

— Vous... vous ne pouvez pas me faire regarder ce que je refuse de voir.

— Non ? » L'Auteur du Plan fit un signe de tête et les deux infirmiers aux aguets lancèrent des courroies en travers du lit et les bouclèrent avec force sur la poitrine d'Evans, sur ses hanches et ses jambes. Evans chercha à les empêcher d'atteindre leur but final en roulant frénétiquement des yeux. Le docteur Sing prit alors sur son plateau d'instruments un brillant pistolet hypodermique et envoya un minuscule nuage d'un anesthésiant particulièrement bien étudié dans la tempe d'Evans. Le rapide mouvement des yeux cessa presque aussitôt et la mâchoire inférieure du prisonnier s'affaissa. A l'aide d'un objet semblable à un petit chausse-pied chromé, le docteur Sing fit tourner d'une manière experte les yeux du malheureux dans leurs orbites jusqu'à ce qu'ils regardent directement en avant.

L'Auteur du Plan lui tendit la petite boîte gainée de cuir. « Etes-vous sûr qu'il soit conscient ?

— Il est tout à fait conscient, affirma Sing. Nous l'avons simplement privé du contrôle de certains muscles délicats. » Après avoir fait tomber une goutte d'un liquide clair sur chaque œil, il s'empara des disques de verre lent à l'aide d'un tube à succion et les plaça sur les globes oculaires immobilisés. Il vérifia que les disques étaient correctement posés en s'assurant que le point rouge sur le bord de chaque disque était orienté à midi ; puis il s'éloigna du lit. A présent, Evans avait des disques scintillant de mille feux à la place des yeux. Sing prit un autre objet, semblable à une torche électrique, en régla la couleur et le pointa brièvement sur le visage du prisonnier.

Les joyaux commencèrent à vivre et se mirent à tourner suivant un mouvement microscopique.

L'Auteur du Plan attendit que son prisonnier ait parcouru pendant douze heures de suite Atrocity-ville pour revenir à côté du lit. Il considéra le visage barbu à la Greco pendant un long moment avec un mélange de pitié et de mépris. La bouche d'Evans était ouverte, ses lèvres pendaient sur les ruines noires de ses dents et un mince filet de bave brillait sur son menton.

L'Auteur du Plan s'assit et posa sa bouche contre l'oreille d'Evans.

« Larry, dit-il doucement. Je suis toujours votre ami et je suis désolé de devoir vous forcer à voir la vérité de cette façon. Je veux vous ramener dans le présent — tout ce que vous avez à faire, c'est signer la confession. Quelle est votre réponse, Larry ? »

Il scruta le visage d'Evans, et plus particulièrement ses yeux, qui étaient devenus les portes rouges de l'enfer. D'étonnement, l'Auteur du Plan ouvrit soudain tout grands ses propres yeux. Il se redressa et recula, ses doigts tripotant nerveusement ses lèvres.

« Il y a quelque chose qui ne va pas, marmonna-t-il. Le Soldat sourit. »

Derrière lui, le docteur Sing laissa tomber, impassible : « Je vous avais prévenu, camarade. Votre prisonnier vous a échappé. »

Evans parvint finalement à pénétrer sans heurt l'univers de la folie.

Il avait fait un long voyage, plein de souffrance et d'horreur, mais tout cela était à présent derrière lui. Il était de retour en Angleterre, la reine Victoria assurait fermement la Couronne, et bientôt il serait chez lui. Il n'avait plus que quelques pas à faire.

Les lointaines houblonnières du Kent
L'entouraient comme un rêve qui vient et passe ;
Les brillantes floraisons des cerisiers
Etincelaient comme une neige vivante ;
Au-dessus de la maison de son père,
La fumée s'envolait en volutes grisâtres...

Après avoir brossé la poussière de son uniforme kaki déchiré, le Soldat Evans rejeta son fusil sur son épaule et se mit à marcher à grandes enjambées dans la lumière d'un siècle d'autrefois.

CHAPITRE VIII

La nouvelle lui annonçant qu'Esther pourrait voir à nouveau — d'une manière purement artificielle, toutefois — atteignit Garrod alors qu'il devait s'entretenir avec un certain nombre de personnes.

Il avait, au début de la matinée, rencontré Charles Manston pour discuter avec lui « des aspects importants de leur politique de relations publiques ». Manston était un homme grand et mince, aux traits aquilins et aux cheveux bruns et soyeux. Il adoptait un style d'habillement très britannique — dont une cravate bleu foncé à pois blancs — et parlait avec un accent que Garrod croyait être celui de Philadelphie ; mais il avait été un journaliste en vue et était à présent un directeur des relations publiques intelligent et efficace.

« Je vois cela venir depuis plus d'un an, disait-il tout en tirant sur une cigarette à bout doré. La masse de l'opinion publique est en train de se retourner contre nos produits. »

Garrod remua les coupures de presse et les transcriptions d'émissions de radio que Manston avait posées sur son bureau. « Vous ne croyez pas que vous en rajoutez un peu, Charles ? Existe-t-il *vraiment* un animal sauvage portant le nom de "masse de l'opinion publique" ?

— Faites-moi confiance, Alban, c'est quelque chose de très réel et de très puissant. Si elle se dresse contre vous — les ennuis commencent à affluer. » Manston lui tendit une feuille de papier. « Voici une analyse des coupures de presse ayant trait à notre indice de popularité. Près de soixante pour cent d'entre elles sont ouvertement hostiles à la Retardite et aux produits assimilés, tandis que douze autres pour cent ont fait des remarques désagréables.

« C'est cela, Alban, qu'en termes de métier on appelle une mauvaise presse. »

Garrod regarda les colonnes de chiffres mais l'habitude qu'avait Manston de l'appeler par son prénom tout entier lui fit penser à Esther et au message d'Eric Hubert. L'opération avait été couronnée de succès et Esther allait avoir la possibilité de voir à nouveau — si l'on pouvait accepter l'incroyable proposition du chirurgien comme un moyen de « voir »...

« C'est vraiment la débâcle, continuait Manston. Voyez le nombre d'articles concernant les grèves ou les autres moyens d'action mis en œuvre par les syndicats pour protester contre l'installation de panneaux de verre lent destinés à contrôler le bon déroulement des opérations à l'intérieur des entreprises. Regardez ceux parlant des associations pour la défense des droits civiques et de leur lutte contre la décision gouvernementale de faire installer des "mouchards" de verre lent sur tous les véhicules automobiles. Il y a maintenant cette nouvelle Ligue pour la Protection de la Vie Privée qui s'accroît de...

— Que proposez-vous comme moyens d'action pour enrayer tout cela ? demanda Garrod.

— Il va falloir dépenser de l'argent. Notre agence pourrait très bien lancer une campagne publicitaire, mais cela va coûter au moins un million de dollars. »

La discussion se poursuivit encore pendant une vingtaine de minutes durant lesquelles Manston exposa dans les grandes lignes la façon dont il pensait mener la campagne. Garrod ne l'avait écouté qu'à moitié mais lui donna son accord et vit Manston filer, plein d'enthousiasme et de gratitude. Il avait le sentiment que, si les coupures de presse avaient été toutes en faveur de la Retardite, son directeur des relations publiques lui aurait tout de même demandé d'investir un million de dollars pour se trouver tout en haut de la vague. Un million avait à présent moins d'importance pour lui qu'un simple dollar alors qu'il était enfant et qu'il vivait à Barlow, Oregon, mais il n'avait pas réussi à se débarrasser complètement des réflexes conditionnés que l'éternelle pingrerie de l'Oncle Luke lui avait fait acquérir. Toutes les fois qu'il rédigeait un chèque de quelque importance ou qu'il laissait sortir de grosses sommes d'argent, il voyait l'appréhension se dessiner sur le visage de son oncle.

Il avait ensuite rendez-vous avec Schickert, directeur de la section des Peintures Luminiques. Sa principale production était une émulsion thixotropique de résine légère additionnée d'une poudre composée de minuscules perles de verre lent dont les périodes de retard allaient de plusieurs heures à plusieurs jours. C'était en architecture qu'on trouvait la principale application de cette peinture — les bâtiments qui en étaient recouverts brillaient la nuit d'une douce radiance — mais d'autres fabricants de peinture avaient adressé des demandes de particules de Retardite absolument sans précédent. Schickert voulait obtenir l'autorisation de céder le brevet d'exploitation à une autre usine, ce qui permettrait d'augmenter la production totale de plusieurs milliers de tonnes par semaine. Garrod accepta finalement de vendre les droits de production, mais ses pensées étaient ailleurs. En fin de compte, il regarda sa montre, vit avec soulagement qu'il devait partir pour Los Angeles dans l'heure qui suivait et quitta le bureau.

« Il y a encore quelques difficultés à surmonter, dit Eric Hubert, mais, à ce stade, Mrs. Garrod peut voir à nouveau.

— Déjà ! » Garrod avait du mal à faire correspondre ses paroles au kaléidoscope de ses sentiments. « Je... je vous en suis très reconnaissant. »

Hubert passa ses doigts dans son étrange coupe de cheveux en V qui le faisait ressembler à un Méphistophélès en plastique rose. « L'opération elle-même a été très simple — après que nous ayons fermé la chambre antérieure avec une pellicule de plastique. Ce qui nous a donné la possibilité de retirer les cristallins et de pratiquer de petites ouvertures permanentes dans les cornées sans perdre... pardonnez-moi — vous devez trouver cela pénible à entendre ?

— Ne vous inquiétez pas pour moi !

— Un des inconvénients du métier de chirurgien

ophtalmologiste est que l'on ne peut pas se faire gloire de son travail. L'œil est un organe étonnamment résistant mais la plupart des gens — surtout les hommes — ne peuvent supporter les détails de l'opération la plus bénigne. Vous savez, les gens *ne font qu'un* avec leurs yeux. C'est comme s'ils reconnaissaient instinctivement que la rétine est une extension du cerveau ; pourtant...

— Puis-je voir ma femme ?

— Bien entendu. » Cependant, Hubert ne chercha pas à se lever, mais, bien plutôt, affecta de remettre de l'ordre dans ses papiers. « Avant de pénétrer dans la chambre de Mrs. Garrod, je veux être sûr que vous savez exactement ce que l'on attend de vous.

— Je ne comprends pas. » Garrod commençait à se sentir mal à l'aise.

« J'ai essayé de convaincre Mrs. Garrod que cela vaudrait beaucoup mieux si une infirmière spécialiste d'ophtalmologie venait la voir tous les jours, mais elle n'a rien voulu entendre. » Hubert lança à Garrod un bref regard appréciateur. « Elle veut que ce soit *vous* qui changiez ses disques tous les matins.

— Oh ! » Garrod sentit son abdomen se contracter de dégoût et ses parties génitales tenter de se retirer dans leurs cavités protectrices. « Qu'est-ce que cela comporte exactement ?

— Rien de très compliqué », dit Hubert d'un ton plein de compréhension, et Garrod se sentit soudainement méprisable pour avoir laissé l'opinion qu'il avait du praticien être influencée par l'aspect plutôt comique de celui-ci. « Voici les disques. »

Il ouvrit une boîte plate et découvrit un certain nombre de petits objets de verre disposés par paires. Il s'agissait de disques mesurant moins d'un centimètre de diamètre, au sommet desquels étaient fixées de petites queues de verre recourbées qui les faisaient ressembler à de minuscules poêles à frire transparentes. Quelques disques étaient d'un noir de jais et d'autres resplendissaient de couleurs et de lumière.

Hubert eut un bref sourire. « Ce n'est pas à *vous* que

j'ai besoin de dire de quel matériau il s'agit. Ces disques de Retardite possèdent des périodes de retard fort différentes — un, deux ou trois jours. La période la plus brève est d'une journée parce que je recommande de ne pas ouvrir les fentes des cornées plus d'une fois, par vingt-quatre heures.

« Pour les changer, il vous faudra répandre sur les yeux de votre femme un produit qui les immobilise, combiné à un anesthésiant, saisir fermement par leurs extensions les anciens disques afin de les retirer, les remplacer ensuite par de nouveaux disques et répandre à nouveau sur les fentes un peu de gel durcissant. Cela peut vous sembler très compliqué, mais nous vous entraînerons à cette technique pendant les jours précédant la sortie de votre femme. Dans quelque temps, vous n'y penserez même plus. »

Garrod hocha la tête avec lenteur. « Pour en revenir à ma femme, possédera-t-elle à nouveau une vision véritable ?

— Oui — sauf, bien entendu, que tout ce qu'elle verra aura un, deux ou trois jours de retard, cela ne dépendant évidemment que des disques qu'elle utilisera.

— Cela va lui sembler très différent d'une paire d'yeux normaux.

— Ce qui est important, Mr. Garrod, dit Hubert d'un ton plein d'assurance, c'est que cela va lui sembler très différent de ne pas avoir d'yeux du tout.

— Pardonnez-moi — vous avez dû croire que je n'appréciais pas votre travail à sa juste valeur, et ce n'est pas le cas, je puis vous l'assurer. Comment Esther a-t-elle réagi ?

— Merveilleusement bien. Elle m'a dit qu'elle regardait souvent la télévision ; eh bien, elle va pouvoir s'adonner à nouveau à ce plaisir. »

Garrod fronça les sourcils. « Et pour le son ?

— Il peut être enregistré et repassé en synchro avec ce qu'elle voit. » Hubert parlait avec enthousiasme. « Cette opération va aider beaucoup de malades, et peut-être existera-t-il un jour une télévision d'Etat diffusant le son sur une longueur d'onde différente vingt-quatre heures exactement après la transmission visuelle. N'importe quel appareil de Tri-D ayant subi une légère modification dans les circuits sonores... »

Garrod relâcha son attention à partir du moment où il commença à bien se pénétrer du fait que sa femme pourrait voir à nouveau. Cela faisait près d'un an qu'Esther était aveugle ; pendant tout ce temps, ils n'avaient jamais passé une seule soirée loin l'un de l'autre et n'étaient sortis que six fois. Garrod avait l'impression d'avoir vécu des millénaires dans l'obscurité brune de la bibliothèque, à décrire d'interminables spectacles de télévision.

« *Cette voix est intéressante,* lui disait Esther. *Est-ce qu'elle va bien avec son possesseur ?* »

Il lui arrivait aussi de prendre les devants et de lui expliquer dans le détail comment elle voyait les propriétaires des voix — et de lui demander ensuite confirmation de la justesse de ses déductions. Mais elle avait presque invariablement tort — même dans les cas où Garrod la soupçonnait d'avoir décrit le personnage ou l'acteur de mémoire — et accueillait ses rectifications avec un sourire désenchanté qui lui faisait comprendre qu'elle l'avait pardonné de l'avoir aveuglée, et cela même lui permettait de l'asservir encore davantage. Parfois, elle allait jusqu'à prononcer les paroles les plus accablantes, celles que Garrod craignait par-dessus tout d'entendre, accompagnées d'un visage radieux :

« *Je suis sûre que le décor que je crée pour cette pièce est bien plus beau que celui que doivent regarder les voyants.* »

Esther allait maintenant avoir ses propres images, sa propre lumière, et il pourrait peut-être respirer à nouveau.

« Allons rendre visite à Mrs. Garrod, si vous le voulez bien », dit doucement Hubert.

Garrod hocha la tête et accompagna le chirurgien vers la suite privée. Esther était assise dans son lit, au milieu d'une chambre claire pleine de prismes de rayons de soleil traversant en oblique les fenêtres. Elle portait d'épaisses lunettes fermées sur le côté et, à en juger par l'impression d'extase qui se lisait sur son visage, ne les avait pas entendus entrer dans la pièce. Garrod s'approcha du lit et, décidant qu'il ferait mieux de s'habituer le plus rapidement possible aux résultats de cette étrange opération chirurgicale, regarda sa femme en face. Des yeux bleus parfaits le fixaient derrière les verres des lunettes. Les yeux d'une étrangère. Il eut un mouvement de recul involontaire, puis remarqua que les yeux ne s'étaient pas aperçus de sa présence.

« J'aurais dû vous prévenir, murmura Hubert. Mrs. Garrod a refusé de porter des lunettes noires. Ce sont des lentilles de Retardite programmées avec les yeux d'une tierce personne.

— Comment vous les êtes-vous procurées ?

— Elles sont disponibles dans le commerce. Une fille dotée de jolis yeux peut gagner une somme rondelette rien qu'en portant pendant quelques semaines des lentilles de Retardite toute la journée. Certaines femmes n'ayant pas de problèmes avec leurs yeux les portent par pure coquetterie — il est possible maintenant de monter des verres dotés d'une fine couche de Retardite au travers desquels une personne pourra voir normalement, mais quiconque les regardera ne pourra apercevoir que les yeux programmés. Vous en avez certainement déjà vu...

— Non — je ne m'occupe plus de tout cela depuis quelque temps, dit Garrod d'une voix suffisamment forte pour attirer l'attention d'Esther.

— Alban », s'écria-t-elle immédiatement en tendant les mains vers lui. Garrod serra les doigts chauds et secs de sa femme et l'embrassa doucement sur les lèvres ; mais, pendant tout ce temps, les yeux bleus de l'étrangère le regardèrent avec calme et détachement, cachés derrière les lunettes d'Esther.

Il baissa les yeux. « Comment te sens-tu ?

— C'est merveilleux ! Je peux voir à nouveau, Alban.

— C'est comme... avant ?

— C'est encore *mieux* — je viens de découvrir que j'avais toujours été un peu myope. Pour l'instant, je suis en train de contempler l'océan à Piedras Blancas, je crois, et je peux voir à *plusieurs kilomètres.* J'avais oublié toutes les nuances de bleu et de vert qui pouvaient exister dans la mer... » La voix d'Esther mourut et ses lèvres s'entrouvrirent de plaisir.

Garrod sentit un fol espoir naître en lui. « J'en suis heureux, Esther. J'enverrai tes disques dans toutes les régions du monde qu'il te plaira de voir. Tu pourras assister à des pièces de théâtre à Broadway, participer à des parties de plaisir... »

Esther se mit à rire. « Mais... ce serait comme être loin de toi !

— Tu ne serais pas *vraiment* loin de moi, et je serais toujours à tes côtés.

— Non, chéri. Je ne veux pas gâcher cela en passant le restant de ma vie à regarder des documentaires. » Les doigts d'Esther se refermèrent sur les siens. « Je ne désire que des choses simples, des choses qui ne regardent que nous — comme se promener ensemble dans notre jardin.

— C'est une excellente idée, chérie, mais tu ne pourrais pas *voir* le jardin.

— Si — à condition que nous nous promenions à heures régulières et que nous suivions toujours le même itinéraire. »

Ces paroles firent à Garrod l'effet d'une douche glacée qui lui serra le cœur. « Cela veut dire vivre dans le passé. Tu te promènerais dans un jardin un certain jour, mais tu le verrais tel qu'il était le jour précédent...

— Ce *sera* merveilleux ! » Esther porta la main de Garrod à ses lèvres et lui embrassa les doigts. Son souffle brûlant effleurait la paume de sa main. « Tu porteras une paire de disques pour moi, n'est-ce pas, Alban ? Je veux que tu les portes tout le temps, partout où tu iras. Ainsi, nous serons toujours ensemble. »

Garrod essaya de retirer sa main, mais Esther le retint.

« Dis-moi que tu feras cela pour moi, Alban. » Ses paroles le fouettaient comme des verges de verre. « Dis-moi que tu partageras ta vie avec moi.

— Ne t'inquiète pas pour cela, dit Garrod dans un souffle. Je ferai tout ce que tu voudras. »

Il détourna ses yeux des mains suppliantes de sa femme et la regarda en face. Les yeux bleus de l'étrangère le fixaient d'un air calme et distrait.

CHAPITRE IX

Le meurtre du sénateur Jerry Westcott eut lieu à deux heures trente-trois minutes, sur une route déserte située à plusieurs kilomètres au nord de Bingham, Maine.

L'heure de sa mort put être établie avec précision parce que l'arme utilisée était un canon laser si puissant qu'il volatilisa la quasi-totalité du véhicule où se trouvait le sénateur. Le meurtrier avait choisi un endroit où la route plongeait brusquement afin que l'éclair ne soit aperçu par aucune autre personne se trouvant dans les environs ; il fut pourtant détecté par un satellite militaire d'observation Sky-eye II, et l'information parvint aussitôt à une station d'observation souterraine. Elle fut dirigée ensuite sur le Pentagone et aboutit finalement — moins d'une heure plus tard — entre les mains des autorités civiles.

Quelle que soit l'efficacité d'un canon laser, c'est une arme manquant totalement de discrétion, et on en vint rapidement à la conclusion évidente que son rôle consistait à détruire avec certitude tous les témoins de Retardite installés sur la voiture ou tout autre morceau de verre lent qui *aurait pu* se trouver à l'intérieur du véhicule. Le monde de la pègre n'avait pas été long à comprendre qu'il était devenu fort imprudent de se faire « voir » par un morceau de verre lent, même la nuit, même à distance, à cause de techniques nouvelles d'optique toutes particulières auxquelles on pouvait à présent faire appel pour interroger le verre. Et, maintenant que la Retardite pouvait également révéler son secret quand on le désirait et sans qu'il faille pour cela attendre la fin de la période de retard initial, il était encore plus impérieux de prendre toutes ses précautions.

Dans ce cas précis, le laser avait effectivement détruit tous les témoins de Retardite se trouvant sur le véhicule et qui auraient pu prouver une quelconque culpabilité. De plus, le corps du sénateur était tellement carbonisé qu'il en était devenu méconnaissable et, si sa mallette à l'épreuve du feu n'avait pas réussi à préserver son contenu, l'identité du cadavre n'aurait pas été découverte avant plusieurs jours.

La vague d'informations, qui avait débuté par une minuscule arrivée de photons sur l'objectif d'une caméra placée en orbite, s'était ensuite amplifiée grâce aux stations de radiodiffusion et avait pris, quelques heures plus tard, les proportions d'un raz de marée politique.

Même si ce genre d'accident s'était déjà produit de nombreuses fois auparavant et même s'il n'y avait rien d'étonnant à ce qu'il se produise à nouveau, l'assassinat d'un homme qui, moins d'un an plus tard, aurait été certainement élu président des Etats-Unis constituait toujours une nouvelle à sensation.

CHAPITRE X

Ils se promenaient dans le jardin par un bel après-midi ensoleillé, mais Esther admirait la pluie tombée la veille.

« C'est vraiment extraordinaire, Alban. » Elle le tira par le bras pour l'obliger à s'arrêter près d'un bouquet d'arbrisseaux aux couleurs profondes. Il se souvint qu'ils s'étaient déjà arrêtés au même endroit, le jour précédent, et qu'Esther aimait se donner l'illusion d'une vue normale en adaptant régulièrement leurs déplacements du jour avec les images enregistrées lors de leur promenade de la veille.

« Je vois la pluie qui tombe autour de moi, continua-t-elle, mais je ne sens rien d'autre que les rayons du soleil sur ma peau. Le soleil me sert de parapluie. »

Garrod était presque certain qu'Esther essayait d'être poétique ou philosophe et il lui serra la main d'un air encourageant, tout en prenant garde de ne pas faire entrer son visage dans le champ de vision des deux disques noirs qui scintillaient au revers du col de sa femme. Il savait par expérience qu'un regard furieux, ou simplement impatient, enregistré par les yeux substitutifs d'Esther et rapporté à son cerveau vingt-quatre heures plus tard, affectait plus durement leurs relations qu'un affrontement mutuel et spontané.

« Je crois que nous pourrions entrer, dit-il. Le dîner doit être prêt.

— Tout à l'heure. Nous sommes allés à la piscine hier afin que je puisse voir la pluie tomber dans l'eau.

— D'accord. » Garrod et sa femme s'approchèrent du bord de la piscine. Elle se tint un instant sur le rebord de carrelage turquoise, puis se pencha au-dessus de leurs reflets. Garrod regarda la surface lisse de l'eau et parvint à voir les yeux bleus, énormes et étrangers, cachés derrière les lunettes d'Esther. Près d'eux, à cause de l'effet de perspective, se tenaient les deux taches sombres qui étaient ses véritables fenêtres sur le monde mais qui ne pouvaient transmettre leurs images avant que vingt-quatre heures ne se fussent écoulées. Son propre reflet frissonna et s'amenuisa à côté de celui de sa femme, ses yeux remplacés par des puits sombres et anonymes, comme le détail d'une peinture à l'huile agrandi jusqu'à ce que la moindre imperfection devienne apparente. Une pensée fugitive lui traversa l'esprit : *mon véritable moi est dans cette piscine. Et je n'en suis que le reflet.* Il prit une profonde inspiration mais eut l'impression que l'air n'arrivait pas à ses poumons. Son cœur s'enfla démesurément, emplissant sa poitrine de ses battements désordonnés et le faisant suffoquer.

« Rentrons à présent, décida Esther. Viens ! »

Ils se dirigèrent vers la maison couverte de lierre, où les attendait le repas du soir. Comme d'habitude, Esther se contentait d'une salade de fruits de mer — elle préférait aussi avoir toujours le même plat plutôt que de manger des nourritures variées dont le goût ne concorderait pas avec l'image enregistrée le jour précédent. Garrod mangea légèrement puis se leva. Esther détacha les disques du revers de sa robe et les lui tendit. Il prit la monture de plastique et alla dans son laboratoire, situé à l'arrière de la maison, pour préparer le spectacle de télévision de la soirée.

Il avait installé dans un coin du laboratoire un vieux récepteur de télé à grand écran, un enregistreur sonore à cassette et un système de contrôle changeant automatiquement de chaîne selon les désirs préétablis d'Esther après qu'il lui eut fait part des programmes prévus. En face de l'écran se trouvait un socle sur lequel il plaçait les disques de sa femme afin qu'ils enregistrent les émissions du soir. Sur le socle reposait également ce qui ressemblait à une quelconque paire de lunettes ; mais les lentilles en étaient remplacées par des disques de verre lent de vingt-quatre heures d'épaisseur. C'étaient celles de Garrod.

Garrod remplaça les lunettes par une paire similaire puis brancha la télévision, l'enregistreur et le système de contrôle. Il emporta ensuite la cassette de la veille et ses lunettes dans la bibliothèque, où Esther l'attendait, assise dans son fauteuil préféré. Il chaussa ses lunettes et vit alors des informations datant de vingt-quatre heures. Il plaça la cassette dans un lecteur sonore, procéda à quelques réglages pour assurer la synchronisation du son avec l'image et s'assit aux côtés de sa femme. Une nouvelle soirée passée à la maison venait de commencer.

Garrod accueillait normalement avec une totale indifférence des nouvelles vieilles d'une journée, mais l'annonce, le matin même, de l'assassinat du sénateur Westcott était encore gravée dans son esprit et rendait, ce soir-là l'expérience très éprouvante pour les nerfs. Hier était aussi lointain et aussi futile que les guerres puniques, mais c'était dans l'hier que sa femme l'obligeait à vivre. Il s'agita sur son siège, les poings serrés, et se mit à penser à l'unique fois où, un mois plus tôt, il avait essayé d'être libre. Esther avait alors arraché de ses yeux les disques de Retardite et avait hurlé de douleur, puis était restée plusieurs jours aveugle, refusant de voir à nouveau tant qu'il ne lui aurait pas promis de recréer leur « intimité » perdue. La sensation d'asphyxie revint s'emparer de lui, et il dut la combattre en respirant d'une manière méthodique et profonde.

Environ une heure plus tard, McGill, le majordome pénétra sans faire de bruit dans la bibliothèque et vint prévenir Garrod que quelqu'un l'appelait en priorité depuis Augusta, Maine.

Garrod jeta un coup d'œil au visage impassible de sa femme. « Vous savez bien que je ne veux pas recevoir d'appels concernant le travail à la maison. Dites à Mr. Fuente de s'en occuper.

— Mr. Fuente est déjà pris sur un autre poste, Mr. Garrod. De plus, il a dit que c'était lui qui avait donné votre numéro privé à cette personne et qu'il était capital que vous répondiez vous-même à cet appel. » McGill parlait à voix basse afin de ne pas déranger Esther mais son visage joufflu portait une expression d'entêtement bien arrêté.

« Dans ce cas... » Garrod se leva, intérieurement satisfait de cet intermède qui arrivait à point au milieu d'une soirée absurde et routinière, posa ses lunettes et se dirigea vers la pièce du rez-de-chaussée qui lui servait de bureau. Il vit, sur l'écran du vidéophone, un Noir à la carrure imposante et au costume coûteux, avec un regard dur et des cheveux partagés par une étonnante ligne blanche.

« Mr. Garrod, annonça son interlocuteur. Je m'appelle Miller J. Pobjoy et je dirige la commission d'enquête de l'Etat du Maine. »

Garrod eut le sentiment d'avoir déjà entendu ce nom au cours de la journée, mais ne parvint pas à le situer exactement. « Que puis-je faire pour vous ?

— Beaucoup de choses. Mon service est chargé d'enquêter sur le meurtre du sénateur Westcott, et je viens vous demander votre aide.

— Pour une enquête criminelle ? Je ne vois pas bien comment je pourrais vous aider. »

Pobjoy sourit, découvrant des dents très blanches mais légèrement irrégulières. « Allons, Mr. Garrod — vous êtes pour moi le plus célèbre détective amateur après Sherlock Holmes.

— Mais seulement un amateur, Mr. Pobjoy. Ce que j'ai fait pour mon beau-père était d'ordre strictement privé.

— Je comprends — mais je dois vous avouer que je plaisantais. La raison pour laquelle je vous ai appelé est... je suppose que votre ligne est sûre ? »

Garrod hocha la tête. « Oui. Mais j'ai un capuchon de sécurité de type 183, si vous le désirez.

— Ce ne sera pas nécessaire. Nous avons découvert ce qui restait des témoins de Retardite installés dans la voiture du sénateur et nous avons nommé une commission d'experts chargés de dire si le verre contient des informations relatives au meurtrier.

— Ce qui *restait* des témoins ? » Garrod sentit grandir son intérêt. « Que peut-il bien en subsister ? J'ai cru comprendre, en écoutant les informations à la radio, que le véhicule avait été volatilisé.

— C'est là le problème — nous ne savons pas très bien ce que nous avons entre les mains. Nous possédons quelques fragments de métal fondu et nous croyons que l'un d'entre eux renferme un "mouchard" de Retardite. Le meilleur conseil technique que nous ayons jusqu'à présent est qu'il serait trop risqué de découper le métal au cas où la chaleur dégagée au moment de l'impact aurait endommagé le verre.

— Cela ne changera rien, dit Garrod avec insistance. Si le morceau de verre est entré en contact avec le métal chauffé à blanc, les variations d'amplitude ont été aplanies et les informations détruites.

— Nous ne savons pas à quelle température le métal a été porté, ni même s'il a vraiment fondu au moment de la formation de ces fragments. Il y avait certainement des forces explosives en présence.

— Même ainsi, les informations ont été détruites.

— Mais pouvez-vous, en tant que scientifique — qui n'a même pas vu ce que nous possédons — affirmer cela avec certitude ? » Pobjoy se pencha en avant, l'air soudain plus attentif.

« Bien sûr que non.

— Dans ce cas, accepteriez-vous d'examiner le matériau ? »

Garrod soupira. « D'accord — faites-le envoyer à mes laboratoires de Portston.

— Je suis désolé, Mr. Garrod, mais il vous faudra venir ici. Cette affaire doit être réglée dans les limites de l'Etat du Maine.

— Moi aussi, je suis désolé. Je ne vois pas comment je pourrais consacrer autant de temps à...

— L'enjeu est important, Mr. Garrod. Les criminels ont déjà dérobé trop de choses à notre pays. »

Garrod pensa au retentissant projet de réforme sociale du sénateur Westcott et à la haine profonde qu'il nourrissait envers l'injustice née de l'inégalité des chances. Ses pensées de la journée avaient été sous-tendues par la colère que lui avait inspirée la mort prématurée du sénateur, mais ce sentiment fut soudain occulté par une considération toute nouvelle. Il pensa : *Il faudra que j'y aille sans Esther.*

« Je vais essayer de vous aider, dit-il tout haut. Dites-moi où je pourrais vous rencontrer. »

Quand ils eurent fini de parler et que l'écran fut éteint, il resta un moment à contempler sa fausse perspective grisée. Sa première réaction fut celle d'une joie enfantine mais l'intensité même de son émotion lui inspira cette question plus raisonnable : *Comment ai-je pu laisser Esther m'imposer de telles conditions ?*

Il comprit alors que la prison la plus sûre était celle où la porte n'était jamais verrouillée — à moins que le prisonnier n'ait suffisamment de courage pour la pousser et s'en aller. Il n'était responsable de la cécité de sa femme que parce qu'il avait oublié qu'il existait un double de la clef du laboratoire ; mais si un adulte en met un autre en garde en utilisant des termes précis...

« Ainsi, tu vas à Augusta », lança soudain Esther dans son dos.

Il se retourna pour lui faire face. « Je ne peux vraiment pas refuser.

— Je sais, chéri. J'ai entendu ce qu'a dit Mr. Pobjoy. »

Garrod fut étonné de trouver tant de sérénité dans la voix de sa femme. « Cela ne te dérange pas ?

— Pas du tout, tant que je serai avec toi.

— C'est hors de question, dit-il, mal à l'aise. Je vais devoir voyager et travailler tout le...

— Je comprends très bien que je te gênerais — si j'y allais en personne. » Esther sourit et lui tendit la main.

« Mais, comment ?... » La voix de Garrod mourut quand il vit qu'Esther lui offrait une petite boîte plate contenant une paire d'yeux de rechange.

Après tout, il ne serait pas seul.

CHAPITRE XI

L'avion de Garrod décolla de bonne heure, tourna plusieurs fois dans l'air clair mais agité de Portston et prit de l'altitude en s'éloignant vers l'est.

« Il va falloir rester assez bas, lui rappela Lou Nash dans l'interphone. Nous n'avons toujours pas droit aux routes commerciales.

— Vous me l'avez déjà dit, Lou », lui répondit Garrod avec calme, se souvenant de la sanction qui lui avait été infligée par le tribunal chargé des affaires aériennes après son voyage éclair à Macon, il y avait maintenant une éternité. « Ne vous tracassez pas pour cela.

— Mais cela vous revient cher de voler à vitesse réduite et à basse altitude !

— Je vous ai dit de ne pas vous tracasser ! » Garrod sourit, sachant pertinemment que ce n'était pas le coût du vol qui préoccupait Nash, mais bien l'interdiction qui lui était faite de tirer le maximum de son appareil. Il se cala dans son siège et regarda le monde en réduction s'éloigner sous lui. Il remarqua un instant plus tard que les disques d'Esther, placés sur la petite barrette de plastique accrochée à son veston, se trouvaient au-dessous du niveau du hublot. Il détacha la barrette, dans laquelle était incorporé un magnétophone miniaturisé, et la posa sur le bord inférieur du hublot, les disques sombres et vigilants tournés vers l'extérieur. *Bon spectacle*, pensa-t-il.

« En voilà encore un ! » La voix excitée de Nash jaillit tout à coup des haut-parleurs invisibles.

« Encore un quoi ? » Garrod abaissa son regard vers un panorama de collines brunes couvertes de broussailles clairsemées et traversées par une route unique. Il ne vit rien d'inhabituel.

« Un avion à pulvérisation, à environ deux mille pieds. »

Les yeux de Garrod n'étaient pas suffisamment exercés pour découvrir quelque chose ressemblant à un autre appareil. « Il n'y a aucune culture par ici.

— C'est bien cela qui est bizarre. J'en ai déjà vu trois le mois dernier. »

Lou vira à droite, augmentant encore la vue plongeante de ce côté, et Garrod aperçut alors une petite croix brillante qui, à une altitude bien moins élevée que la leur, croisait leur route tout en lâchant une traînée blanche qui devait être de la fumée. Puis il vit la fumée disparaître subitement.

« Il vient de nous apercevoir, commenta Nash. Ils arrêtent toujours leur boulot quand ils voient un autre appareil.

— Deux mille pieds est une altitude trop élevée pour pulvériser un insecticide sur les récoltes, n'est-ce pas ? Quelle est la distance normale au sol pendant ce genre de travail ?

— Pratiquement à ras de terre — cela aussi, c'est bizarre.

— Ils doivent être occupés à faire des essais pour un nouvel équipement, c'est tout.

— Mais...

— Lou ! coupa Garrod, finalement agacé, cet avion possède trop de systèmes de contrôle automatique — ce qui signifie que vous n'avez absolument rien pour vous occuper l'esprit. S'il vous plaît, faites des mots croisés ou alors pilotez vous-même cet appareil ! »

Nash marmonna des paroles incompréhensibles avant de se réfugier dans un mutisme qui dura pendant tout le reste du voyage. Garrod avait dû abréger sa nuit de sommeil pour préparer son voyage ; il dormit donc, but du café et dormit à nouveau jusqu'au moment où le vibreur d'appel du vidéophone de la paroi avant bourdonna pour attirer son attention. Il établit la communication et se retrouva en face des traits aquilins de Manston, son directeur des relations publiques.

« Bonjour, Alban, dit Manston d'une voix neutre. Avez-vous vu les journaux, ce matin ?

— Non, je n'en ai pas eu le temps.

— Vous êtes encore en première page ! »

Garrod se redressa dans son siège. « Comment cela ? »

— Si j'en crois tout ce que l'on raconte, vous êtes en route pour Augusta, persuadé que vous connaîtrez le meurtrier du sénateur Westcott après avoir examiné les débris de sa voiture.

— *Quoi ?*

— Il y a un tas de rumeurs prétendant que vous êtes possesseur d'une nouvelle technique permettant de tirer des images d'une plaque de verre lent brisée ou fondue.

— Mais c'est ridicule ! J'ai dit à Pobjoy qu'il n'y avait aucun... » Garrod reprit sa respiration. « Charles, avez-vous fait une quelconque déclaration à la presse, hier soir ? »

Manston remit en place sa cravate bleue à pois et eut l'air peiné. « A quoi pensez-vous donc ?

— Alors, cela doit venir de Pobjoy.

— Voulez-vous que je fasse publier un démenti ? »

Garrod secoua la tête. « Non — laissons tomber. Je tirerai cette affaire au clair avec Pobjoy dès que je le verrai. Merci de m'avoir appelé, Charles. »

Garrod coupa la communication le premier. Il s'enfonça à nouveau dans son siège et essaya de trouver le sommeil, mais un fil d'ennui se promenait dans la trame de ses pensées, comme un serpent d'argent à la surface d'un lac. La dernière année passée avec Esther l'avait sensibilisé à un certain nombre de choses et il avait, en cet instant précis, la nette impression qu'on était en train de le manipuler. Les déclarations de Pobjoy à la presse étaient non seulement mensongères, mais aussi contraires sur le fond à l'esprit même de la conversation qu'il avait eue avec Garrod. Il ne lui avait pourtant pas donné l'impression d'un homme prêt à agir à la légère, mais qu'espérait-il donc en s'y prenant de la sorte ?

Le temps était dégagé et le soleil cuivré quand l'avion de Garrod se posa, vers midi, sur la piste d'un aéroport proche d'Augusta. Il se préparait à stopper dans la zone réservée aux appareils privés, quand Garrod regarda par les hublots et vit le groupe désormais familier de reporters et de cameramen. Certains d'entre eux tenaient des plaques de Retardite mais les autres possédaient un équipement photographique très conventionnel — reflétant parfaitement les conflits qui avaient déchiré les syndicats de journalistes. Garrod se souvint au dernier moment que les disques d'Esther étaient posés près de son hublot et qu'il devait les accrocher au revers de son veston. Les journalistes se précipitèrent sur le tarmac au moment où il sortit de l'appareil mais ils furent repoussés par un important contingent de policiers en uniforme. La grande silhouette carrée de Miller Pobjoy apparut alors, vêtue d'un costume de soirée bleu nuit.

« Désolé pour tout ce monde, dit-il tranquillement en serrant la main de Garrod. Nous allons bientôt partir d'ici. » Il fit un signe de la main et une limousine apparut derrière l'avion ; en quelques secondes, Garrod se retrouva à l'intérieur de la voiture qui les conduisit vers les grilles d'entrée de l'aérodrome. « Je suppose que vous devez commencer à avoir l'habitude d'être traité comme une célébrité ?

— Je ne suis pas une célébrité, répliqua vivement Garrod. Et pourquoi avez-vous raconté toutes ces foutaises à la presse, hier soir ?

— Quelles foutaises, Mr. Garrod ? » Pobjoy avait l'air interloqué.

« Vous savez bien — toute cette histoire prétendant que j'allais pouvoir mettre la main sur le tueur grâce à une nouvelle technique d'interrogation de la Retardite. »

Le front de Pobjoy redevint lisse et clair comme un marron d'Inde. « Ah ! c'est *de cela* que vous parliez ? Un des membres de notre service des relations extérieures a dû être un peu trop enthousiaste. Vous savez ce que c'est.

— Franchement, non. Le directeur de *mon* service sacquerait la première personne qui agirait ainsi. Et, moi-même, je le sacquerais à son tour pour avoir laissé une pareille chose se produire ! »

Pobjoy haussa les épaules. « Quelqu'un s'est laissé emporter et a perdu la tête, c'est tout. Le fait que Westcott se soit fait assassiner ici, justement, plonge notre Etat dans le plus grand embarras — la seule raison pour laquelle ce meurtre s'est produit dans le Maine, c'est que le sénateur y venait régulièrement à la pêche et à la chasse — et tout le monde est désireux de faire preuve de bonne volonté. »

Garrod trouva que l'attitude du Noir était loin d'être satisfaisante, mais il décida de laisser ce problème de côté. Il apprit, pendant le trajet jusqu'à Augusta, que les autres personnes appartenant à la commission d'experts étaient un homme du F.B.I. portant le nom de Gilchrist et un chargé de recherche de l'Armée, spécialement détaché pour cette occasion. Ce dernier s'avéra être le colonel John Mannheim, l'un des très rares représentants de la hiérarchie militaire avec lesquels Garrod pouvait prendre un verre sans se sentir gêné. Mannheim était également — le cœur de Garrod se mit à battre un peu plus fort à cette pensée — le supérieur immédiat de la fille au type légèrement oriental et aux lèvres argentées qui, sans même lever le petit doigt, avait en un seul jour bouleversé tout le pâle équilibre affectif de Garrod. Il ouvrit la bouche pour demander si le colonel avait amené son secrétariat avec lui, mais se souvint de l'enregistreur qui était épinglé à son revers avec les disques d'Esther. Il leva instinctivement la main vers la barrette de plastique.

« Vous avez là un gadget peu commun, fit remarquer Pobjoy avec un sourire. C'est une caméra ?

— Oui, si l'on veut. Où allons-nous, à présent ?

— A votre hôtel.

— Oh ! mais je croyais que nous devions nous rendre directement au quartier général de la police.

— Vous allez tout d'abord vous rafraîchir et déjeuner. » Pobjoy lui sourit à nouveau. « On ne peut pas faire des prouesses quand on a l'estomac vide, n'est-ce pas ? »

Garrod secoua la tête d'un air indécis en éprouvant à nouveau le sentiment d'être manipulé. « Avez-vous pris des dispositions concernant les études et analyses à faire en laboratoire ?

— Tout est prêt, Mr. Garrod. Vous rencontrerez les autres experts puis, en début d'après-midi, nous nous rendrons tous à Bingham afin que vous connaissiez le lieu du crime.

— A quoi cela servira-t-il ?

— C'est difficile à dire — mais c'est le point de départ naturel de toutes les enquêtes criminelles. » Pobjoy se mit à scruter les immeubles de la rue où ils se trouvaient à présent. « Vous savez, cela aide à se faire une meilleure idée du crime. Les positions respectives, les différents angles... Mais voici votre hôtel — que diriez-vous de prendre un verre avant d'aller déjeuner ? »

Un autre groupe important de journalistes attendait sur le trottoir de l'hôtel, mais un nombre de policiers encore plus considérable les empêcha de s'avancer. Pobjoy fit un signe amical aux journalistes et poussa Garrod dans le hall.

« Vous n'avez pas besoin de remplir une fiche, dit-il. Je me suis occupé de tous les détails et vos bagages vont être là dans un instant. »

Ils traversèrent le hall recouvert d'une épaisse moquette, grimpèrent au troisième étage en ascenseur et suivirent pendant quelques instants un long couloir, se dirigeant vers une grande pièce ensoleillée de couleur vert pâle qui semblait avoir été conçue pour accueillir les réunions du Rotary Club. Une table unique était dressée, qui comportait une vingtaine de places. Un bar avait été installé dans un coin et un certain nombre d'hommes ayant l'allure de politiciens et d'inspecteurs de police discutaient par petits groupes. Garrod aperçut aussitôt John Mannheim, qui paraissait quelque peu gêné d'être en civil.

Pobjoy alla chercher au bar une vodka-tonic qu'il tendit à Garrod, puis lui fit faire le tour de l'assemblée afin d'effectuer les présentations. Le seul nom qui frappa Garrod fut celui d'Horace Gilchrist, l'expert délégué par le F.B.I. ; c'était un homme au teint terreux, aux cheveux en brosse légèrement plus longs à l'avant, attentif comme quelqu'un qui aurait des difficultés d'audition mais qui ne voudrait cependant pas perdre un mot de la conversation. Garrod buvait son deuxième verre — bien tassé — et une atmosphère iréelle était en train de se former autour de lui au moment où il s'approcha de Mannheim.

Il prit le colonel à l'écart. « Que se passe-t-il ici, John ? J'ai l'impression de me trouver dans une charade.

— C'est exactement cela, Al.

— Que voulez-vous dire ? »

Une expression amusée se dessina sur le visage hâlé de pêcheur de Mannheim. « Rien du tout.

— Cela veut bien dire quelque chose, non ?

— Al, vous savez aussi bien que moi que ce n'est pas à ce niveau que les crimes sont tirés au clair...

— Le déjeuner est servi, messieurs, annonça Pobjoy en tapant sur son verre du dos de sa cuiller. Veuillez prendre place. »

Garrod s'assit à la longue table et se retrouva en face de Mannheim, bien qu'il fut un peu trop loin de lui pour reprendre discrètement leur entretien interrompu. Il essaya d'attirer son attention, mais le colonel buvait beaucoup et conversait avec ses voisins immédiats. Au cours du repas, Garrod répondit à plusieurs questions occasionnelles de la part de ses voisins de table et fit de son mieux pour cacher son impatience. Il buvait son café sans grand enthousiasme quand il s'aperçut qu'une femme était entrée dans la pièce et qu'elle s'était approchée de Mannheim pour lui murmurer quelques mots à l'oreille. Garrod leva les yeux et se sentit défaillir quand il reconnut les cheveux bruns et les lèvres argentées de Jane Wason.

Elle releva la tête au même instant et ses yeux se posèrent sur ceux de Garrod avec tant d'insistance qu'il eut l'impression que toutes ses forces l'abandonnaient. Son visage, d'une impassibilité toute professionnelle, s'adoucit pendant un instant, puis elle quitta précipitamment la table. Garrod la suivit du regard, empli de la certitude enivrante que Jane Wason avait été émue autant que lui.

Plus d'une minute passa avant qu'il ne se rappelle les yeux d'Esther épinglés à son revers de veston, et sa main se leva une nouvelle fois d'elle-même pour recouvrir les sensibles disques de verre.

L'après-midi, Garrod se reposa un moment, changea de vêtements, puis rejoignit les autres — Mannheim, Gilchrist et Pobjoy — pour être conduit à Bingham afin d'examiner les lieux du crime. Il régnait à l'intérieur de la voiture une atmosphère de somnolence et de satiété et les hommes n'échangèrent que peu de paroles pendant leur voyage vers le nord. Garrod ne pouvait s'empêcher de penser à Jane Wason et voyait sa silhouette danser devant ses yeux comme une image rémanente d'une incroyable netteté. Ils avaient parcouru un peu plus de cinq kilomètres quand il s'aperçut qu'ils passaient à côté d'équipes d'ouvriers chargées de remplacer les panneaux de verre lent placés au-dessus des rues.

« Que se passe-t-il, ici ? » Il donna à Pobjoy une tape sur le genou et fit un signe de tête en direction des camions du service d'entretien.

« Oh ! cela ! » Pobjoy sourit. « Il y a à Augusta une section assez efficace de la Ligue. Il leur arrive de sortir la nuit dans des voitures à toit ouvrant et de descendre les panneaux d'éclairage à coups de fusil de chasse.

— Mais cela ne devrait annihiler les panneaux que pendant quelques heures tout au plus, jusqu'à ce que la lumière passe de nouveau au travers. » Pobjoy secoua la tête. « Le matériau doit être remplacé toutes les fois qu'il est troué, craquelé ou considéré comme peu sûr. Ordonnance municipale.

— Cela doit vous coûter une fortune !

— Pas seulement à nous — c'est devenu le nouveau sport national, mon vieux. Et je ne crois pas que ce soit à *vous* que j'aie besoin de dire que les gens n'achètent plus de *scenedows*.

— En fait, reconnut Garrod d'un air coupable, cela fait plus d'un an que je néglige le côté commercial de la chose et je ne sais pas du tout où en sont tombées les ventes.

— Je peux vous renseigner facilement sur ce point. Les membres les plus excités de la Ligue jettent des briques dans les *scenedows* tandis que les plus calmes se servent de « gommes » pour en effacer l'image. Ce qui fait que les propriétaires de verre lent les plus heureux se retrouvent avec des panneaux noirs.

— Quel genre de personnes trouve-t-on au sein de la Ligue ?

— Le problème, c'est qu'il n'existe aucun groupement particulier qui soutienne la Ligue. Nous trouvons de tout, des professeurs d'université, des employés de bureau, des chauffeurs de taxi, des écoliers... c'est très mélangé. »

Garrod se cala au fond de son siège et regarda dans le lointain d'un air songeur. Cette excursion lui apprenait que le monde continuait d'exister, de lutter et de se transformer au-delà des fenêtres de sa bibliothèque. Manston avait eu raison quand il lui avait dit que la masse de l'opinion publique était en train de se retourner contre la Retardite, mais il semblait que même lui ne pouvait apprécier toute la puissance et la rapidité de cette réaction.

« Personnellement, je ne saisis pas très bien les causes de cette antipathie soudaine et généralisée du public, dit-il enfin. Qu'en pensez-vous ?

— Personnellement, répondit Pobjoy, je dirais que cette réaction était tout à fait prévisible.

— Mais, que faites-vous de la baisse de la criminalité ? Du progrès, considérable apporté aux enquêtes et aux poursuites judiciaires ? Est-ce que le public s'en moque complètement ?

— Exactement. » Pobjoy sourit d'un air quelque peu malicieux. « Voyez-vous, c'est le public lui-même qui s'oppose à toutes les lois.

— Personne n'aime être espionné », lança Gilchrist à l'improviste.

Garrod ouvrit la bouche pour dire quelque chose, mais se rappela qu'Esther pouvait tout voir et tout entendre ; et il se mit à la détester. Le silence se fit parmi les quatre hommes, à peine rompu de temps à autre tandis que le véhicule s'engageait dans un pays de lacs et de montagnes.

« Si vous commencez à perdre de l'argent avec le verre lent, fit remarquer à un moment donné Pobjoy d'un ton jovial, vous pourriez peut-être essayer de vous lancer dans ce genre d'investissement, n'est-ce pas, Al ? »

Garrod ouvrit les yeux et regarda au-dehors. Ils passaient devant l'entrée d'un centre de loisirs dont la porte arrondie était surmontée d'une enseigne flambant neuve annonçant : MONT IDYLLE — *100 merveilleux arpents garantis absolument dépourvus de tout verre lent, verre espion, œil de verre, etc.* Il ferma à nouveau les yeux et se prit à penser que l'ordre naturel des choses était bouleversé toutes les fois que le verre lent entrait en jeu, et que c'était la légende qui donnait naissance à l'événement. Une des premières histoires populaires qui circulèrent après l'introduction de la Retardite concernait un commerçant qui avait fourni un *scenedow* à un couple de jeunes mariés pour un prix défiant toute concurrence. Il revint une semaine plus tard et remplaça gratuitement la plaque de verre lent par une autre de qualité bien supérieure. Le couple naïf de l'histoire se montra véritablement enchanté de sa bonne fortune mais ne savait pas que la Retardite fonctionnait dans les deux sens et que ses ébats servaient à agrémenter des soirées plutôt spéciales. Quelle que fût la puérilité de cette histoire, elle illustrait parfaitement la crainte primordiale qu'ont les hommes d'être vus pendant les instants où, pour des raisons biologiques aussi bien que sociales, ils désirent se tenir à l'écart de leurs compagnons et demeurer invisibles.

La limousine s'arrêta pendant quelques instants à Bingham afin que les trois experts puissent rencontrer les représentants de la police locale et boire une tasse de café. Ils n'arrivèrent sur le lieu du crime qu'en fin d'après-midi. Une partie de la route et du flanc du coteau avait été isolée, mais la route elle-même avait été déblayée des restes du véhicule ; il n'y avait en fait pas grand-chose à voir, excepté les marques profondes que le dégagement de chaleur avait produites dans le revêtement.

Garrod eut à nouveau l'impression que cette méthode d'enquête était absolument futile. Il passa près d'une heure à marcher de long en large, ramassant des morceaux de métal fondu sous le regard attentif des journalistes, qui n'avaient pas été autorisés à pénétrer dans la zone réservée. Comme il s'y attendait, cette visite — sans parler de la petite conférence de Pobjoy concernant le type probable et la position du canon laser — fut absolument inutile. Garrod afficha son impatience croissante en s'asseyant sur un étroit surplomb rocheux afin de contempler le ciel. Au-dessus de lui, enveloppé de silence, un petit avion blanc, semblable à ceux que l'on utilise pour pulvériser les insecticides sur les récoltes, déchirait l'étendue bleutée.

Pendant le retour vers Augusta, quelqu'un alluma la radio et prit les informations ; deux nouvelles intéressèrent plus particulièrement Garrod. L'une concernait l'annonce qu'avait faite le bureau de l'attorney général concernant les quelques progrès intervenus dans l'enquête chargée de découvrir le nom de l'assassin du sénateur Westcott ; l'autre disait que les syndicats de postiers avaient finalement décidé de se mettre en grève pour protester contre l'installation de « mouchards » de Retardite dans les centres de tri postal et que, par voie de conséquence, le courrier ne serait pas distribué.

Garrod se tourna vers Pobjoy. « Quels sont donc ces progrès ?

— Je n'en ai jamais parlé, protesta Pobjoy.

— Encore un coup du type des relations extérieures, hein ?

— Il y a de grandes chances. Vous savez ce que c'est. »

Garrod eut un reniflement sceptique et se préparait à critiquer l'organisation du bureau de l'attorney quand il prit conscience des conséquences que la grève des postiers allait avoir sur sa vie privée. Il avait promis à Esther de lui envoyer chaque soir par stratocourrier sa paire de disques, ce qui voulait dire qu'ils arriveraient à Portston au matin afin que l'infirmière les lui glisse sous les cornées avant l'heure du petit déjeuner. La colère qui l'avait envahi quand Esther l'avait obligé à accepter de telles conditions rendait encore plus important l'effort qu'il lui allait falloir faire pour trouver une solution de rechange. Il sortit son émetteur de poche, composa le numéro code de Lou Nash et pressa le bouton d'appel.

La voix de Nash lui répondit presque immédiatement. « Mr. Garrod ?

— Lou, les postes sont en grève et vous allez me servir de facteur pendant tout le temps que je resterai à Augusta.

— Bien, Mr. Garrod.

— Cela signifie qu'il vous faudra aller à Portston tous les soirs et revenir ici le lendemain matin.

— Aucun problème — excepté les ordres que nous avons de voler à vitesse réduite et à basse altitude. De plus, comme le terrain d'aviation de Portston n'est pas ouvert après minuit, il faudra que je quitte Augusta vers les sept heures. »

Garrod ouvrit la bouche pour lui faire remarquer que, le terrain pourrait très bien rester ouvert moyennant finances, mais une humeur malicieuse tout à fait inhabituelle s'empara soudain de lui. Il décida de rencontrer Nash à six heures à son hôtel et se renfonça dans son siège, bercé par un sentiment de culpabilité absolument délicieux. Une soirée pour lui tout seul, dans une ville inconnue, sans personne pour l'espionner. Esther voudrait savoir pourquoi il n'avait pas porté les disques pendant la soirée et il lui répondrait que ses yeux enregistraient pendant ce temps les images du vol de Nash jusqu'à Portston et que, de toute façon, il ne voyait pas comment elle pourrait s'y prendre pour faire tenir six heures de vision supplémentaires dans une journée de vingt-quatre heures. Il n'avait plus qu'à décider de ce qu'il ferait de ce laps de temps imprévu, de ce temps *libre*. Garrod envisagea plusieurs possibilités, dont le fait d'aller au théâtre ou de prendre une cuite mémorable, puis comprit qu'il était en train de s'abuser lui-même — puisqu'il allait se mettre à tromper sa femme, il était important qu'il fût honnête avec lui-même à ce propos.

Ce qu'il envisageait ce soir-là, c'était, si les circonstances le lui permettaient, de faire tout son possible pour arriver à coucher avec la secrétaire de John Mannheim, la fille aux lèvres argentées.

Garrod épingla sur le revers de la veste de Nash la barrette contenant les disques et l'enregistreur sonore, fit un sourire d'adieu devant les lentilles sensibles puis regarda le pilote traverser le hall de l'hôtel. Il eut l'impression que Nash marchait d'une manière différente, précautionneuse, et il comprit subitement de quelle façon les personnes extérieures pouvaient considérer son mariage. Nash n'avait fait aucun commentaire quand il avait appris à quoi servaient les disques mais il n'avait toutefois pu dissimuler son profond étonnement. Et la question qu'il se posait était : comment se pouvait-il qu'un homme ayant la possibilité d'avoir une fille nouvelle toutes les semaines, tous les jours même, jusqu'à ce qu'il en perde la force et le désir, reste assujetti à Esther ? Oui, pourquoi ? Garrod n'y avait jamais beaucoup réfléchi personnellement, se considérant habituellement comme un monogame-né. Mais, en renversant le problème, si l'on supposait maintenant que ce soit Esther — femme d'argent qui cherchait toujours son propre intérêt dans tout ce qu'elle entreprenait — qui ait été assez intelligente pour se payer le type exact d'homme dont elle avait besoin ?

« Le voilà ! » La voix de Mannheim résonna près de lui. « Allons prendre un verre avant de dîner. »

Garrod se retourna avec l'intention de refuser son invitation, puis vit que Mannheim était accompagné de Jane Wason. Elle portait une robe du soir noire si fine et si légère que ses seins semblaient recouverts d'une pellicule brillante et qu'un doux renflement triangulaire apparaissait au plus profond de la courbe de son ventre. Des reflets changeants de lumière moirée coulaient sur son corps, comme de l'huile.

« Un verre ? » reprit mécaniquement Garrod, qui se rendait compte que Jane le regardait d'un air perplexe. « Pourquoi pas ? Je n'ai encore rien décidé pour dîner.

— Vous n'avez pas à décider — détendez-vous, c'est tout. Vous allez rester avec nous, n'est-ce pas, Jane ?

— Nous ne pouvons obliger Mr. Garrod à dîner avec nous s'il n'y tient pas.

— Mais si ! » Garrod se ressaisit et sauta sur l'occasion. « En fait, je voulais vous voir tous les deux et vous demander si vous aimeriez dîner avec moi.

— Tous les deux ? » Mannheim passa son bras autour de la taille de sa secrétaire et l'attira à lui. « Je n'étais pas sûr que vous m'aimiez, Al.

— Mais je suis fou de vous, John ! » Garrod sourit à celui qui était son aîné mais, quand il vit la familiarité avec laquelle Jane s'appuyait contre lui, il se mit à souhaiter de tout son cœur que Mannheim ait une crise cardiaque et s'écroule sous leurs yeux. « Alors, on le prend, ce verre ? »

Ils pénétrèrent dans la caverne sombre de l'un des bars de l'hôtel et commandèrent de gigantesques Zombie Christophe sur les conseils éclairés de Mannheim. Garrod but lentement, sans apprécier particulièrement le goût de sucre brûlé de son breuvage, tout en se posant des questions à propos de Jane et de Mannheim. Elle avait une bonne vingtaine d'années de moins que lui mais peut-être trouvait-elle attirant, venant de lui, ce manque de modestie plein d'enthousiasme à son égard, et, de plus, il avait tout le temps voulu et toutes les occasions possibles de se montrer. Pourtant, remarqua Garrod — mais peut-être son imagination lui jouait-elle des tours — il lui semblait bien que Jane était assise plus près de lui que de Mannheim. Le faible éclairage du bar donnait à l'œil malade de Garrod l'occasion de fonctionner presque aussi bien que l'autre, et il pouvait la voir avec une précision quasi surnaturelle. Elle était impossiblement belle, comme la statue d'or de quelque déesse hindoue. Toutes les fois qu'elle souriait, la haine qu'il nourrissait depuis peu pour Mannheim lui causait une vive douleur à l'estomac. Ils restèrent dîner à l'hôtel et Garrod s'efforça d'agir de manière raisonnée, en n'utilisant pas une méthode trop directe comme il l'avait fait lors de leur première conversation ni ne commettant cependant l'erreur de ne pas disputer à Mannheim sa conquête apparente. Le dîner dura trop peu à son goût.

« C'était très bien, dit finalement Mannheim en se tapant sur le ventre d'un air lugubre. A présent, la moindre des politesses exige que vous régliez la note. »

Garrod avait toujours eu l'intention de payer : il sentit que sa haine augmentait alors d'une manière presque incontrôlable, puis remarqua que Mannheim s'était levé et qu'il donnait l'impression d'un homme pressé de s'en aller.

« Vous allez nous quitter ? » Garrod eut du mal à réprimer sa joie.

« Je le crains, oui. Il y a des tas de paperasses qui m'attendent dans ma chambre.

— Comme c'est dommage ! »

Mannheim haussa les épaules. « Ce qui m'inquiète vraiment, voyez-vous, c'est que je commence à *prendre du plaisir* à m'asseoir sous le capuchon de sécurité. Comme dans une matrice bien close. Ce doit être un mauvais pronostic.

— Vous êtes en train de nous révéler votre âge, lui dit Jane avec un sourire. Freud est complètement dépassé, vous savez.

— C'est ce qui le met à mon niveau. » Mannheim lui souhaita bonne nuit, fit un signe de tête amical à Garrod et sortit du restaurant.

Garrod le regarda avec tendresse. « Quel dommage qu'il doive s'en aller !

— C'est la seconde fois que vous le dites.

— J'en rajoute un peu, hein ?

— Un peu, oui. Vous me faites penser à un collégien.

— Bon, reconnut Garrod. J'étais occupé à me demander comment je pourrais m'arranger pour que John reçoive un coup de téléphone lui demandant de regagner immédiatement Washington. Je lui aurais bien fait le coup, mais je ne savais pas très bien ce qu'il y avait entre...

— Entre John et moi ? » Jane rit doucement.

« Eh bien — il avait passé son bras autour de votre taille et...

— Ce que vous pouvez être vieux jeu ! » Elle redevint sérieuse. « Vous n'avez absolument aucune technique avec les filles, n'est-ce pas, Al ?

— Je n'en ai jamais eu besoin.

— Elles vous tombent toutes dans les bras parce que vous êtes riche et bien de votre personne, alors ?

— Ce n'est pas cela que je voulais dire. » Il avait l'air désespéré. « Seulement...

— *Je sais* ce que vous voulez dire, et j'en suis très flattée. » Jane posa sa main sur la sienne, et un frisson lui parcourut tout le bras. « Vous êtes marié, n'est-ce pas ?

— Je... oui. » Garrod parvint à franchir une de ses barrières mentales. « Pour l'instant, du moins. »

Elle le regarda dans les yeux pendant un long moment, puis ouvrit la bouche d'un air étonné. « Une de vos pupilles a la forme d'une...

— D'un trou de serrure, dit-il. Je le sais. J'ai été opéré de l'œil alors que j'étais encore enfant.

— Vous n'avez pas besoin de porter de lunettes teintées à cause de cela. C'est assez inhabituel mais personne ne le remarquerait. »

Garrod sourit en comprenant que la déesse n'était pas à l'abri des défauts des simples mortels. « Ce n'est pas par coquetterie que je porte des lunettes fumées. Mon œil reçoit deux fois trop de rayons lumineux et je ne peux supporter la lumière du jour.

— Oh ! pardonnez-moi !

— Cela ne fait rien. Qu'aimeriez-vous faire à présent ?

— Que diriez-vous d'un tour en voiture ? J'ai horreur de rester trop longtemps en ville. »

Garrod hocha la tête. Il signa la note puis, profitant de ce que Jane était partie chercher son manteau du soir, demanda qu'une voiture de louage soit amenée devant la porte de l'hôtel. Dix minutes plus tard, ils se dirigeaient vers la banlieue sud de la ville et, une demi-heure après, se trouvaient en pleine campagne.

« Vous avez l'air de savoir où nous allons, fit remarquer Jane.

— Pas du tout. Je sais seulement que c'est à l'opposé de l'endroit où nous sommes allés ce matin.

— Je vois. » Il savait que Jane le regardait. « Vous n'appréciez pas du tout cette prétendue enquête, n'est-ce pas ?

— Non.

— J'en étais sûre. Vous êtes trop honnête.

— Honnête ? Qu'est-ce que cela signifie, Jane ? »

Il y eut un silence prolongé. « Rien du tout.

— Je suis sûr que vous vouliez dire quelque chose. Pobjoy agit d'une manière bizarre et, ce matin, John a parlé d'une charade. Qu'est-ce qui se passe, Jane ?

— Je vous l'ai déjà dit — rien du tout. »

Garrod quitta la nationale pour s'engager dans un chemin de traverse puis freina brutalement et coupa le contact. « Je veux connaître la vérité, Jane, dit-il. Vous en avez dit trop, ou trop peu. »

Elle détourna la tête. « Vous pourrez certainement rentrer chez vous dès demain.

— Pourquoi ? »

— Miller Pobjoy ne vous a fait venir ici que pour se servir de votre nom.

— Excusez-moi, mais je ne comprends pas.

— La police *sait* qui a tué le sénateur Westcott. Elle le sait depuis le début.

— Si c'était vrai, ils auraient déjà arrêté le meurtrier.

— C'est pourtant la vérité. » Jane se tourna à nouveau vers lui ; sur son visage jouaient les lueurs verdâtres du tableau de bord. « J'ignore comment ils s'y sont pris pour le savoir, mais c'est comme ça.

— Mais c'est ridicule ! Pourquoi m'ont-ils demandé de venir si...

— Vous servez de couverture, Al. Vous ne comprenez donc pas ? Ils *savent* la vérité mais ne veulent pas dire *comment* ils y sont parvenus. »

Garrod secoua la tête. « Assez !

— John m'a dit que vous aviez questionné Mr. Pobjoy pour savoir comment ses hommes avaient pu donner de telles informations à la presse, reprit Jane avec insistance. Pourquoi pensez-vous qu'ils l'aient fait ? La plupart des gens croient maintenant que vous avez une technique nouvelle vous permettant d'interroger le verre lent. Même si vous opposez un démenti, les rumeurs continueront à circuler.

— Et alors ?

— Quand ils arrêteront le meurtrier, ils n'auront pas besoin de faire savoir au public comment ils ont découvert son identité ! » Elle tendit nerveusement la main vers la clef de contact. Sa voix était maintenant pleine de colère. « Mais je me demande bien pourquoi je devrais m'en faire pour cela ! »

Garrod la prit par le bras. Elle résista pendant une seconde puis ils s'embrassèrent, buvant à la bouche de l'autre, respirant son souffle. Garrod s'efforça, sans grands résultats, de penser à deux niveaux différents. Si la théorie de Jane était correcte — en tant que secrétaire de Mannheim, elle devait pouvoir accéder aux dossiers confidentiels — cela expliquerait plusieurs choses qui l'avaient intrigué, des choses importantes... mais elle était exactement comme il l'avait imaginée, et ses seins fermes frémissaient sous ses doigts.

Puis ils se séparèrent et Garrod demanda : « Tu te souviens du jour où je t'ai vue, à Macon ? »

Elle hocha la tête.

« Je ne suis venu de Washington que pour cela. J'espérais tant te voir...

— Je sais, Al, murmura-t-elle. Je me répétais sans arrêt que c'était pure vanité de ma part de croire cela, que c'était impossible, mais *je le savais.* »

Ils s'embrassèrent à nouveau. Il caressa la peau douce de ses genoux, qui s'entrouvrirent un instant puis se refermèrent sur ses doigts.

« Rentrons à l'hôtel », souffla-t-elle.

Pendant le voyage de retour, en dépit du climat qui l'entourait, d'une sensualité telle qu'il n'en avait encore jamais connue, les habitudes mentales de Garrod, reprenant le dessus, obligèrent son esprit à penser au rébus que lui posait Miller Pobjoy et aux mobiles qui l'animaient. Quand ils furent dans la chambre, quand les gestes rituels du déshabillage furent accomplis, d'autres idées lui vinrent à l'esprit : il pensa à Esther, aux petits disques sensibles qui étaient ses yeux, et à ce qu'elle lui avait dit : « Tu n'as pas beaucoup de tempérament, mon pauvre Alban ! »

Et, quand ils firent l'amour sur les draps froids, il sentit naître et grandir en lui des tensions contraires. Il s'était passé trop de temps entre leur premier élan dans la voiture et cet instant-ci.

« Calme-toi, dit Jane à voix basse, dans l'obscurité. Aime-moi.

— Je suis calme, affirma-t-il, sentant la panique l'envahir. Et je t'aime. »

Ce fut à cet instant que l'intuition de Jane le sauva. L'un de ses ongles descendit lentement le long de sa colonne vertébrale avant d'atteindre le creux de ses reins ; et une gerbe d'extase, vive et dure comme le diamant, éclata au milieu de son corps. Comme elle le caressait avec une infinie douceur, il éprouva un orgasme d'une violence inouïe, qu'elle partagea, et qui annihila ses peurs et ses refoulements.

La fin peut arriver, maintenant, se dit-il. *Cela n'a plus aucune importance.*

Un instant plus tard, tous deux se mirent à rire en même temps, doucement tout d'abord, puis peu à peu avec l'insouciance des enfants. Et, dans les heures qui suivirent, la renaissance de Garrod fut achevée.

CHAPITRE XII

Le lendemain matin, Garrod appela son domicile bien qu'il sût qu'Esther serait encore couchée — à cause du décalage horaire. Il lui laissa un bref message enregistré

« Esther, je ne peux plus accepter de porter tes disques. Quand la paire que tu recevras ce matin sera terminée, il te faudra simplement prendre d'autres dispositions — à propos de tout. Je suis désolé, mais c'est ainsi. »

Il s'éloigna du vidéophone et éprouva une incroyable sensation de soulagement en pensant qu'il avait finalement fait quelque chose de positif. Ce ne fut que quand il prit son petit déjeuner, seul dans sa chambre, qu'il repensa à l'heure à laquelle il avait vidéophoné. L'aspect positif du problème était qu'il avait appelé immédiatement après son réveil parce qu'il avait pris la décision irrévocable de se libérer et que cela ne pouvait souffrir aucun délai. Mais, en son for intérieur, il savait se trouver un autre Garrod qui avait, si l'on en jugeait par ses actions passées, délibérément appelé à une heure où il ne serait pas obligé de se retrouver en face d'Esther. Cette pensée le troubla et il prit une douche dans l'espoir de la chasser. Quand il se fut rafraîchi, il se sentit plein d'une chaleur inaccoutumée et d'un sentiment de *bien-être* qui semblait se tenir à hauteur de sa ceinture pelvienne et irradier dans tous ses membres.

Me voici redevenu sain d'esprit, pensa-t-il. *Cela m'a pris un sacré bout de temps, mais je sais maintenant par expérience que la folie peut finalement ramener à un jugement sain des choses.*

Inexplicablement, Jane avait insisté pour qu'ils se séparent et terminent la nuit dans leurs appartements respectifs. Il éprouvait à présent un profond regret de ne pas avoir été avec elle sous la douche et pendant le petit déjeuner. Il décida de l'appeler aussitôt qu'il aurait fini de s'habiller mais le vibreur de son vidéophone résonna quelques secondes plus tard. Il se précipita vers l'appareil et établit la communication.

Son interlocuteur était Miller Pobjoy, dont le visage lisse et brillant lui donnait l'air d'un marron frais tombé. « Bonjour, Al. J'espère que vous avez bien dormi.

— Très bien, merci, répondit Garrod sans insister.

— Tant mieux ! Je vais vous annoncer le programme de la journée...

— Je vais d'abord vous dire le mien, l'interrompit Garrod. Dans quelques instants, je vais appeler mon directeur des relations publiques et lui donner l'ordre d'annoncer par voie de presse, radio et télévision que l'enquête en cours, c'est de la frime, que vous n'avez pas trouvé une seule pièce à conviction dans la voiture de Westcott et que je me retire de...

— Attention ! Cette ligne est peut-être surveillée.

— Je l'espère bien. Les fuites sont normalement plus efficaces que les annonces officielles.

— Ne faites rien tant que je ne serai pas là, s'écria Pobjoy, l'air soucieux. J'arrive dans vingt minutes.

— Disons un quart d'heure. » Garrod coupa la communication, alluma une cigarette et la fuma lentement tandis qu'il analysait la situation dans laquelle il se trouvait. Il avait maintenant deux raisons de rester à Augusta. La première — et la plus importante — était que Jane resterait probablement pendant encore quelque temps, la seconde étant qu'il se trouvait impliqué dans un mystère et qu'il avait horreur d'abandonner un problème sans en connaître la — ou les — solution. S'il pouvait forcer, d'une façon ou d'une autre, Pobjoy à le laisser participer à l'enquête véritable, il pourrait satisfaire sa curiosité, rester avec Jane et avoir une excellente excuse pour Esth... Garrod se mordit la lèvre inférieure. Il n'avait pas besoin de se justifier devant Esther ni de lui donner des explications. Plus jamais il ne le referait. Non, plus jamais.

« Dites-moi, Mr. Garrod, s'enquit Pobjoy en s'enfonçant dans un fauteuil. Qu'est-ce que *c'est* que cette histoire ? »

Garrod remarqua que l'autre s'était adressé à lui d'une manière moins familière et se mit à sourire. « J'en ai assez de ce jeu, c'est tout.

— Je ne saisis pas très bien. De quel jeu parlez-vous ?

— Celui qui consiste à se servir de mon nom et de ma réputation pour faire croire au public que vous avez trouvé des pièces à conviction dans les cendres de la voiture de Westcott — quand vous et moi savons très bien qu'il n'y a pas le moindre indice. »

Pobjoy le regarda, les doigts croisés à hauteur du visage. « Vous ne pouvez pas le prouver.

— Je suis d'un naturel très confiant, dit Garrod d'un air patient. Il est facile de me faire marcher. Mais je n'ai pas besoin de prouver ce que je dis. Je n'ai qu'une chose à faire, c'est vous mettre dans une position telle qu'il vous faudra prouver ce que vous dites, vous. Et je vais m'y employer tout de suite !

— Qui a bavardé à ce sujet ?

— Vous me sous-estimez, Pobjoy. Les politiciens ont l'habitude de raconter les pires mensonges quand ils se sentent acculés, mais leurs histoires ne peuvent être avalées que par un public ignorant des faits. Je n'appartiens pas au grand public, pour cette affaire du moins, et j'étais aux premières loges pour assister à votre pantomime.

« Répondez-moi franchement — qui a tué le sénateur Westcott ? »

Pobjoy se mit à rire. « Qu'est-ce qui vous fait croire que je le sais ? »

Garrod fut tenté de prononcer le nom de Jane Wason — après tout, il avait la possibilité de la dédommager en lui versant une somme équivalant à plusieurs fois le salaire de toute une vie — mais il décida de se débrouiller tout seul. « Je crois que vous le savez parce que vous avez fait tout votre possible pour donner l'impression que, moi qui ne puis honnêtement pas vous aider, j'étais en mesure de vous fournir la réponse. Vous avez identifié l'assassin — mais la méthode que vous avez utilisée est trop chargée de dynamite pour être rendue publique.

— C'est ridicule, mon vieux ! Vous ne pouvez même pas définir cette méthode. » Pobjoy parlait d'une manière tranquille et acerbe, mais sa seconde phrase comportait certaines inflexions qui poussèrent Garrod à continuer. Une terrible intuition lui vint alors à l'esprit ; il tourna la tête et alluma une autre cigarette afin de dissimuler son visage aux yeux de Pobjoy et de se donner le temps de réfléchir.

« Si, dit-il tout en continuant d'échafauder sa théorie. Je peux vous proposer une méthode.

— Laquelle ?

— Utilisation illégale de la Retardite.

— Ce n'est qu'une vague idée générale, Mr. Garrod — pas une méthode.

— Eh bien, je vais être un peu plus précis. » Garrod s'assit en face de Pobjoy et le regarda dans les yeux, riche de certitude. « Le verre lent a déjà été utilisé dans les satellites mais l'homme de la rue — même le membre moyen de la Ligue — n'y voit aucun inconvénient parce que les informations enregistrées sont transmises par télévision et que personne ne croit que nous puissions un jour avoir un système de TV capable de montrer des détails aussi petits que des êtres humains. A une telle altitude, la qualité de l'image diminue tellement que cela rend la chose impossible.

— Continuez, dit Pobjoy du bout des lèvres.

— Mais la résolution du verre lent est si bonne que, dans des conditions atmosphériques parfaites, avec l'aide du meilleur appareillage optique possible, de compensateurs de distorsion atmosphérique, etc., l'on pourrait suivre les déplacements des gens et des voitures — à la condition toutefois de ramener le verre sur Terre et de l'interroger directement dans un laboratoire. Il ne faut pour cela qu'un système de transport, un petit vaisseau automatique ou bien des torpilles peut-être, que le satellite-mère expédierait vers certains endroits propices à la récupération.

— L'idée est alléchante — mais avez-vous pensé à ce que cela coûterait ?

— Une somme astronomique, qui serait pourtant justifiable dans certaines circonstances — les assassinats d'hommes politiques importants, par exemple. »

Pobjoy se prit la tête entre les mains, resta un instant immobile puis s'enquit, les doigts toujours devant le visage. « Est-ce que cette idée vous fait horreur ?

— Il s'agit de la plus monstrueuse violation de la vie privée dont on ait jamais entendu parler.

— Pendant que nous nous rendions à Bingham, vous avez pourtant dit que la baisse phénoménale de la criminalité compensait bien la perte de certains droits civiques.

— Je sais — mais cette nouvelle idée va si loin que l'on ne pourrait plus être sûr d'être seul, que ce soit au sommet d'une montagne ou au beau milieu de la Vallée de la Mort.

— Vous croyez que le gouvernement des Etats-Unis dépenserait des millions de dollars rien que pour voir une famille partir en pique-nique ? »

Garrod secoua la tête. « Vous admettez donc que j'ai raison ?

— Non ! » s'écria Pobjoy, qui se leva subitement et se dirigea vers la fenêtre. Il contempla un instant les verticales de la ville, puis ajouta d'une voix plus calme : « Si... *si* une telle chose existait comment pourrais-je jamais l'admettre ?

— Si c'était vrai, vous vous trouveriez alors dans une position bien étrange : vous connaîtriez le nom de l'assassin de Westcott mais il vous faudrait encore justifier votre conclusion — ou faire semblant de la justifier, par quelque moyen que ce soit.

— Nous avons assez discuté sur ce sujet, à présent, Mr. Garrod, mais, effectivement, c'est à peu près, la situation dans laquelle nous nous *trouverions*. Je voudrais maintenant savoir quelque chose — avez-vous toujours l'intention de révéler publiquement votre théorie ?

— Comme vous venez de le dire — ce n'est qu'une théorie.

— Oui, mais elle pourrait faire pas mal de... » Pobjoy choisit son mot avec un soin bien visible, « ...dégâts. »

Garrod se leva afin de rejoindre son interlocuteur près de la fenêtre. « On pourrait me persuader du contraire. En tant qu'inventeur du verre lent, je me sens un peu responsable — et puis, j'ai horreur d'abandonner un problème non résolu.

— Vous voulez dire que vous allez rester au sein de la commission d'experts ?

— Pas le moins du monde, rétorqua Garrod en éclatant de rire. Je veux travailler sur l'enquête véritable. Si vous connaissez votre homme, nous devrions bien trouver un moyen de lui faire endosser le crime. »

Dix minutes plus tard, Garrod se trouvait dans le lit de Jane Wason. Après qu'une nouvelle union physique eut ratifié son contrat avec la vie, il lui fit savoir — bien qu'il fût lié par le secret — que ses soupçons concernant la technique d'enquête de Pobjoy étaient fondés.

« C'est bien ce que je pensais, dit-elle. John ne m'en a jamais rien dit mais je sais qu'il a essayé de découvrir quel était le secret de leur méthode.

— Tu veux dire qu'il n'en sait rien ? » Garrod ne put s'empêcher de se sentir gonflé d'orgueil. « Il n'a pas dû aborder Pobjoy sous un angle favorable.

— Je travaille avec lui depuis suffisamment longtemps pour savoir qu'il aborde toujours tout sous un angle favorable. » Elle s'appuya sur un bras et abaissa son regard vers Garrod. « S'il n'a rien pu trouver... »

Garrod éclata de rire en voyant l'air soucieux de Jane et les plis qui déparaient la belle ordonnance de son front. « N'y pense plus », dit-il tout en attirant à lui la poitrine déjà familière.

CHAPITRE XIII

Il fut évident, dès les tout premiers instants, que le capitaine Peter Remmert n'appréciait pas l'intrusion de Garrod. (C'était un homme à l'humeur sombre et changeante, parfois laconique et parfois volubile d'une manière étrangement pédante. Il dit une fois à Garrod, alors qu'ils prenaient le café : « Le riche amateur pour qui résoudre des énigmes policières n'est qu'un passe-temps n'est plus un personnage vraisemblable, même dans les livres à bon marché, grâce à une distribution plus équitable des richesses. Il connut ses beaux jours pendant la première moitié du siècle : l'étrangeté de sa position n'était pas appréciée des pauvres, pour qui les riches étaient des êtres incompréhensibles, tout à fait capables de se transformer en détectives rien que pour passer le temps. ») Mais Remmert apporta son entière collaboration dans ce qui devait être, selon lui, une affaire fastidieuse et vouée à l'échec. Tout ce qu'il savait, pour commencer, c'était qu'une petite équipe, à laquelle il appartenait, avait dû jurer de garder le secret, qu'on lui avait assigné un nom et une adresse à Augusta et qu'elle devait faire tout son possible pour établir une relation entre le suspect et l'assassinat du sénateur Westcott.

Le suspect s'appelait Ben Sala. Agé de quarante-trois ans, il était d'origine italienne et possédait un petit commerce spécialisé dans les détergents et les désinfectants. Il vivait en compagnie de sa femme dans une petite maison du quartier bourgeois situé à l'ouest de la ville. Ils n'avaient pas d'enfants et sous-louaient le premier étage de leur maison à un célibataire de cinquante et un ans, Matthew H. McCullough, employé aux transports en commun municipaux.

Remmert avait, par pure routine, jeté un coup d'œil du côté des ancêtres italiens et de la famille de Ben Sala, espérant trouver un quelconque rapport avec la Mafia ; mais en vain. Ayant reçu l'ordre de ne pas approcher directement Sala, l'enquête lui donna l'impression de se terminer avant même d'avoir débuté — quand une autre mort se produisit.

Le lendemain matin de la mort du sénateur Westcott, provoquée par l'explosion et la désintégration de sa voiture, le locataire de Sala — McCullough — mourut d'une crise cardiaque en montant dans son autobus.

La coïncidence ne frappa l'équipe de Remmert qu'après plusieurs heures, et les hommes ne virent en elle pas grand-chose de plus qu'une excuse toute trouvée pour se rendre chez Sala. Ce fut alors que l'on obtint les résultats des images enregistrées par certains panneaux de verre lent installés par la Sécurité Routière. Remmert eut une surprise peu agréable, à laquelle il ne s'attendait pas du tout. Il avait reçu l'ordre de prouver que Sala était le meurtrier et les panneaux de verre lent lui apportèrent leur collaboration en montrant le vieux camion de livraison de Sala quitter son domicile, se diriger vers Bingham et le nord avant l'assassinat et revenir par le même chemin quelques heures plus tard. Il y eut cependant un détail qui ne collait pas.

Les images enregistrées montraient parfaitement que le camion avait été conduit par Matthew McCullough — l'homme qui devait mourir de mort naturelle quelques heures plus tard.

Et cet homme *était seul.*

« Cela voulait dire que nous pouvions pénétrer dans la maison de Sala et travailler dans de bonnes conditions, expliquait Remmert. Nous étions censés enquêter sur McCullough mais nous nous intéressions à tout ce qui concernait Sala.

— Qu'avez-vous trouvé ? » Garrod regardait fixement l'écran de projection, sur lequel se trouvait un hologramme immobile de la maison de Sala.

« Rien, évidemment. McCullough, était le coupable.

— Ne croyez-vous pas que sa manière de mourir

subitement le lendemain matin est un peu trop commode ? »

Remmert eut un petit reniflement de dérision. « Si c'est cela que vous appelez commode, j'espère bien rester incommodé jusqu'à l'âge de cent ans !

— Vous comprenez très bien ce que je veux dire, Peter. Si Sala est l'assassin, ne croyez-vous pas que tout s'ordonne un peu trop facilement quand on trouve mort le lendemain matin l'homme à qui il voulait faire endosser le crime ?

— Sala n'a rien fait pour accuser McCullough — c'est *moi* qui ai dit cela. Et puis, je ne suis pas très bien votre raisonnement. En supposant que Sala soit le coupable — aurait-il envie d'attirer l'attention de la police en supprimant son locataire ? Et puis, quoi qu'en dise Pobjoy, Sala n'est pas dans le coup. Nous possédons un tas de preuves qui affirment le contraire.

— Voyons donc un peu ces fameuses preuves. »

Remmert poussa un profond soupir et appuya sur la touche « rembobinage rapide » de l'holoprojecteur. Ils avaient réquisitionné le *scenedow* d'une maison sise presque en face de la demeure de Sala et en avaient tiré un holofilm qui retraçait la dernière année de la vie du suspect. Les informations fournies par le *scenedow* avaient parallèlement été utilisées pour impressionner d'autres plaques de Retardite qui serviraient de référence, mais le verre lent présentait le désavantage de ne pouvoir fonctionner à l'envers et un holofilm de type conventionnel était employé dans la recherche des preuves visuelles.

Sur l'écran apparut une image de la maison de Sala telle qu'elle se présentait un an auparavant, époque à laquelle le *scenedow* avait été installé. C'était une bâtisse tout à fait ordinaire de deux étages avec, à l'étage inférieur, une verrière protégée par une véranda. Le petit jardin était soigneusement entretenu et un garage était relié au bâtiment principal et construit dans le prolongement de celui-ci. Les fenêtres de la partie supérieure de la porte du garage étaient les seules à offrir une vue de l'intérieur.

Remmert commença à fouiller le film, s'arrêtant de temps en temps pour montrer Sala ou McCullough entrer ou sortir de la maison. Sala était petit et trapu et avait des cheveux bruns bouclés au centre desquels son crâne brillait comme du cuir poli. McCullough était plus grand mais légèrement voûté. Ses cheveux gris étaient rejetés en arrière et il avait un visage lugubre et allongé ; il semblait apporter beaucoup de soins à la partie de la maison qu'il occupait.

« McCullough ne me fait pas l'impression d'être un assassin d'envergure, fit remarquer Garrod. Sala, oui.

— C'est à peu près tout ce qu'on peut lui reprocher », rétorqua Remmert en s'arrêtant sur l'image d'un Sala travaillant dans son jardin, la chemise tendue sur un ventre imposant. « Il a le type pycnique.

— Le type quoi ?

— Le type pycnique — c'est le nom que les psychiatres ont donné à ce genre d'hommes petits et ronds, aux épaules lourdes, que l'on retrouve si souvent chez les tueurs névropathes. Mais beaucoup de personnes totalement inoffensives sont bâties sur le même modèle. »

D'autres images suivirent — visions-éclairs, instantanés arrachés au cours du temps qui passe — montrant Sala et sa brune épouse occupés à discuter, à manger, à dormir, à lire et parfois même à s'engager dans un rituel d'amour assez peu subtil ; et le visage solitaire et désolé de McCullough apparaissait tout le temps aux fenêtres du premier étage. Sala partait et revenait de son travail à heures régulières dans un camion blanc tout neuf. L'automne céda bientôt la place à l'hiver et ce fut l'apparition des neiges ; Sala utilisa alors un camion vieux de cinq ans, tout cabossé, à la place du modèle flambant neuf qui lui servait auparavant.

Garrod leva la main pour faire arrêter le film. « Sala a-t-il eu des ennuis financiers ?

— Non, tout va très bien pour lui — il possède une des meilleures entreprises du genre.

— Lui avez-vous demandé pourquoi il se servait, maintenant de ce vieux camion ?

— En fait, oui, répondit Remmert. Dans le travail du détective ancienne manière, c'était le genre de question qui ne se présentait jamais. Mais, quand on interroge la Retardite, ce genre de détail vous saute invariablement aux yeux.

— Et qu'a-t-il répondu ?

— Il avait envisagé de garder son nouveau camion pendant encore six ou huit mois, mais quelqu'un lui a fait une proposition intéressante. Sala a expliqué qu'il ne pouvait vraiment pas la refuser.

— Lui avez-vous demandé combien il avait touché ?

— Non, je n'ai pas osé. »

Garrod nota quelque chose dans son calepin et fit signe que l'on reprenne la projection de l'holofilm. Les neiges disparurent, chassées par les teintes vives du printemps et de l'été. L'automne allait bientôt revenir quand une toile goudronnée bleue fit son apparition sur le toit du garage. Elle était assez grande pour recouvrir le toit tout entier et une partie pendait sur le devant, occultant les fenêtres de la porte.

« A quoi cela sert-il ? » Garrod leva à nouveau la main.

« Le toit du garage commençait à fuir.

— Je n'ai pas remarqué qu'il était en mauvais état. »

Remmert revint en arrière et les deux hommes purent constater que plusieurs tuiles manquaient. Tout semblait normal quelques jours auparavant.

« C'est arrivé un peu rapidement, non ?

— Au début de septembre — il y a eu quelques forts coups de vent. Sala va construire un nouveau garage ; cela ne valait pas le coup d'apporter beaucoup de soins à la réparation du toit.

— Tout se tient parfaitement.

— Que voulez-vous dire ?

— Je ne sais pas. Voyez comme la toile goudronnée pend librement au-dessus de la porte du garage, alors que Sala est très pointilleux pour tout le reste.

— Cela protège sûrement mieux de la pluie. » Remmert commençait à s'impatienter et Garrod prit de nouvelles notes. « Qu'est-ce que cela vous indique ?

— Rien, peut-être — mais quand on a, comme moi, vécu plusieurs années avec le verre lent on a une manière de voir les choses légèrement différente. » Garrod se rendit soudain compte qu'il était en train de pérorer. « Pardonnez-moi, Peter — y a-t-il eu quelque chose de particulièrement intéressant entre ce moment-ci et la nuit du meurtre ?

— *Moi,* je ne le pense pas, mais peut-être que *vous*...

— Voyons donc le grand soir », coupa Garrod.

Il faisait sombre quand la porte du garage s'ouvrit vers le haut, rappelant à Garrod le mouvement de relevé des volets d'intrados sur l'aile d'un avion. Le camion s'avança vers la rue, la porte se referma automatiquement et l'image sur l'écran devint plus vive quand les intensifieurs de lumière entrèrent en action. Remmert arrêta l'image et le conducteur s'avéra être McCullough. Il portait un chapeau qui lui cachait les yeux mais l'on ne pouvait se tromper sur la silhouette longue et triste.

« Les “mouchards” de la circulation l'ont suivi jusqu'à la limite nord de la ville, commenta Remmert. Tenez, regardez le garage — la toile goudronnée s'est un peu repliée et l'on peut voir à l'intérieur. »

Il accéléra le mouvement puis reprit la vitesse normale quand le cadran digital situé dans un coin de l'image indiqua qu'une demi-heure s'était écoulée. Les rectangles noirs des fenêtres du garage furent inondés de lumière. Un homme se trouvait là, un homme trapu, aux cheveux bruns — Ben Sala, sans aucun doute.

Pendant que Sala s'occupait à nettoyer et à faire du rangement dans le garage, Remmert appuya sur un bouton qui déclencha un enregistrement des déclarations du suspect :

« Eh ben, Matt est descendu vers les sept heures ce soir-là. Il avait une drôle de tête — un peu mal fichu, vous savez ce que c'est — et il se frottait le bras gauche comme s'il lui faisait mal. Matt m'a dit que la compagnie de bus lui avait demandé de faire quelques heures supplémentaires pendant la nuit. La plupart du temps, il allait partout — et même à son travail — en bus parce qu'il avait la possibilité de les utiliser gratuitement sur tout le réseau quand il le voulait mais, ce coup-ci, il m'a demandé que je lui prête le camion. Il a dit qu'il était fatigué et qu'il n'avait pas envie de marcher jusqu'à l'arrêt du bus situé sur la grand-route.

« Je lui ai dit que c'était d'accord et qu'il pourrait prendre le camion ; alors, il est parti vers les onze heures. Ensuite, j'ai fait un tas de trucs dans le garage pendant près d'une heure avant d'aller me coucher. J'ai entendu Matt qui revenait avec le camion en pleine nuit mais je n'ai pas regardé l'heure qu'il était. Il est parti au travail le lendemain matin, et c'était la dernière fois que je le voyais vivant. »

Remmert arrêta l'enregistrement. « Que pensez-vous de tout cela ?

— Et vous ?

— Ce n'est jamais qu'une déclaration parmi tant d'autres. J'en ai enregistré des milliers au cours de ma carrière. »

Garrod avait toujours les yeux rivés sur l'écran, où l'on pouvait parfois voir Sala aller et venir à l'intérieur du garage. « Sala ne parle pas comme une personne habituée à faire des déclarations, et pourtant...

— Et pourtant ?

— Il a donné un nombre incroyable de renseignements tous bien ordonnés, logiques, pertinents. Dans les milliers de déclarations que vous avez enregistrées, Peter, combien y en a-t-il où pas un mot n'est superflu ?

— Les *preuves* sont en train de s'accumuler contre Sala, fit remarquer Remmert d'une voix acerbe. Il a l'allure d'un assassin mais parle d'une manière intelligente. Vous savez, nous interrogeons bon nombre de personnes qui ne parlent pas un anglais très académique mais qui peuvent vous expliquer quelque chose mieux que ne le ferait un professeur d'université. Avez-vous remarqué que, dans les scènes d'interrogatoire des films policiers, ce sont les jeunes voyous qui disent toujours le meilleur texte ? Le talent du scénariste doit se sentir libéré grâce au fait que son personnage pourra envoyer promener le subjonctif. »

Garrod réfléchit un instant. « J'ai une idée. »

Remmert ne l'écoutait pas. « J'ai eu l'année dernière un jeune type accusé de meurtre. Je lui ai demandé pourquoi il avait fait cela. Et vous savez ce qu'il m'a répondu ? Il a dit : « Les gens lisent toujours dans les « journaux que les jeunes passent leur temps dans les « services d'aide sociale et de travail volontaire ; j'ai « voulu leur montrer que certains d'entre nous « étaient de vrais salauds. » Eh bien, c'est *bien meilleur* que tout ce que j'ai pu entendre au cinéma.

— Ecoutez, dit Garrod. Je vois cet holofilm pour la première fois, n'est-ce pas ?

— C'est exact.

— Est-ce que l'on m'accorderait une plus grande confiance si je faisais une petite prédiction à propos de ce qu'il va bientôt révéler ?

— Peut-être. Cela dépend.

— D'accord. » Garrod pointa l'index vers l'écran. « La toile goudronnée a été repliée afin que nous puissions voir ce qui se passait à l'intérieur du garage. Je vous prédis que, une fois que McCullough aura rentré le camion, le bord de la toile retombera afin de cacher les fenêtres.

— Et alors, qu'est-ce que cela fera ? Nous avons *vu* McCullough s'en aller et Sala rester chez lui... » Remmert s'arrêta de parler quand le camion apparut sur l'écran et s'engagea dans l'allée. La fréquence codée de ses phares provoqua l'ouverture de la porte et le véhicule disparut à l'intérieur du garage désormais éteint. Au moment où la porte se refermait, un morceau de la toile parut s'accrocher au mécanisme de fermeture et la bâche retomba devant les fenêtres.

« Je dois reconnaître que c'était assez fort, admit Remmert.

— C'est bien mon avis.

— Mais vous ne pouvez sûrement pas faire des prédictions de cet ordre sans posséder au préalable une théorie bien arrêtée. Vous devez avoir une idée derrière la tête.

— Je vais vous la dire mais j'ai besoin d'une information supplémentaire, reconnut Garrod. Pour être absolument certain.

— Que voulez-vous savoir ?

— Est-ce que vous pouvez connaître la somme pour laquelle Sala a vendu son camion ?

— Hein ? Venez dans mon bureau — je ne peux pas interroger l'ordinateur depuis cette pièce. » Remmert regarda Garrod d'un air sidéré tandis qu'ils se dirigeaient vers son bureau, mais il se retint de lui poser une autre question. Quand ils furent arrivés, il se hâta de frapper les touches d'un terminal relié à l'ordinateur central de la police, situé à l'autre bout de la ville. L'appareil fit entendre une sonnerie une seconde plus tard, et Remmert déchira un feuillet de la bande photo-imprimante.

Il la regarda et eut l'air encore plus sidéré. « Ils disent qu'un acheteur de passage lui en a donné quinze cents dollars.

— Je ne sais pas ce que vous en pensez, dit Garrod, dont le cœur battait la chamade, mais si ce camion m'avait appartenu je n'aurais eu aucun mal à refuser une offre aussi basse.

— Je dois admettre que c'est vraiment très peu — ce qui veut dire que Sala a un peu triché dans cette partie de sa déclaration. Je ne vois pas très bien pourquoi un homme d'affaires comme lui a pratiquement fait cadeau d'un bon camion pour racheter un modèle d'occasion passablement usagé.

— Si vous voulez mon avis, voici ce qui s'est passé. » Et Garrod commença d'expliquer sa théorie.

Quand Ben Sala fut informé que le moment était venu d'agir contre le sénateur Westcott, il en fut consterné. Il avait souhaité que cet ordre ne lui parvienne jamais mais il ne lui restait plus, à présent, aucune alternative — sinon la mort, sous la forme possible d'une bombe placée dans sa prochaine livraison de détergents. En tout cas, le plan avait été si soigneusement élaboré qu'il n'y avait pratiquement aucun risque.

La première chose à faire était de se procurer un G.M. Burro, camion de livraison très bon marché que les fabricants avaient lancé cinq ans auparavant, mais qu'ils avaient finalement retiré du marché. Son atout principal, en ce qui concernait Sala, était que ses vitres étaient faites de verre plat et que le pare-brise pouvait pivoter afin de laisser entrer l'air. Mais ce n'était pas cet usage précis qui intéressait particulièrement Sala — ce qu'il voulait c'était voir à l'extérieur.

Il revendit donc son camion neuf afin d'acheter un Burro. Celui-ci fut difficile à obtenir et il dut accepter un modèle ayant piètre allure mais répondant parfaitement à ses désirs. Il ramena le Burro chez lui et commença à s'en servir tous les jours avant de passer à la phase suivante de son plan. La première nuit où le vent souffla en tempête, il pénétra dans le garage par la porte de la cuisine et, travaillant dans le noir total, détacha par-dessous plusieurs tuiles du toit. Le surlendemain, il recouvrit le toit d'un morceau de toile goudronnée trouvé dans son entrepôt, morceau d'allure fort quelconque mais ayant pourtant été taillé dans un but très précis. L'intérieur du garage étant désormais caché aux regards du scenedow installé de l'autre côté de la rue, il put se mettre à assembler le canon laser dont il avait reçu les multiples pièces par colis postaux, envois qui avaient été étalés sur une très longue période de temps.

Il travailla également à l'un des points les plus délicats de toute l'opération.

Les formes simplistes du Burro lui permirent de retirer facilement le pare-brise et les vitres latérales et de les remplacer par des panneaux de verre lent. Mais il était plus difficile d'obtenir de McCullough qu'il reste assis sur le siège du conducteur pendant près d'une heure, même si c'était sa morosité qui avait fait de lui le locataire de Sala. Sala résolut son problème en disant à McCullough que le Burro avait un ennui de direction et qu'il allait le réparer lui-même. McCullough, qui n'aurait de toute façon rien fait d'autre que rester à sa fenêtre, accepta de s'asseoir dans le camion et de tourner le volant toutes les fois que Sala le lui demandait. Il mit même son vieux chapeau, au cas où il aurait fait frisquet à l'intérieur du garage.

Il y eut un instant crucial quand McCullough monta dans le camion et referma la portière, sans rien remarquer... et Sala fit très attention de rester tout le temps sous le véhicule. Les roues avant du camion reposaient dans des flaques d'huile qui leur permettaient de tourner facilement et Sala — qui avait soigneusement chronométré le parcours, mais sur une autre route, elle aussi sans croisements, des environs — put obtenir de McCullough qu'il tourne le volant selon un programme bien défini.

Quand les panneaux de verre lent furent suffisamment chargés d'images de McCullough, Sala porta leur taux d'émission presque jusqu'à zéro et les rangea en attendant de les utiliser. Une autre nuit, travaillant sous le couvert de la toile goudronnée, il ôta les fenêtres du garage, les remplaça par des panneaux de Retardite et passa une heure à bricoler. Il déposa également ces panneaux, les ralentit le plus possible et les mit aussi de côté. Il était maintenant prêt à commettre le crime parfait.

Le soir où il reçut le message codé lui commandant d'agir, il commença par donner à Matt McCullough un puissant sédatif qui l'empêcherait de regarder par la fenêtre de son appartement à l'heure où il était censé se trouver sur la route. Sala s'assura ensuite que les fenêtres du garage étaient invisibles de l'extérieur puis installa le canon laser à l'intérieur du camion. Il posa les panneaux de Retardite aux fenêtres du garage, au pare-brise et aux vitres latérales du Burro, rétablit leur taux normal d'émission et quitta la ville en direction de Bingham.

Ce fut à ce moment que les caractéristiques uniques du Burro tinrent leur rôle capital car, avec un véhicule normal, Sala n'aurait rien vu de la route telle qu'elle se présentait cette nuit-là. Il tira à lui le pare-brise de sorte qu'une fente minuscule apparut entre le cadre et le bord supérieur de la carrosserie et lui permit de voir où il allait. Ce champ de vision incroyablement réduit rendait le voyage très difficile ; il y avait aussi la possibilité que le bruit du moteur et l'impression de mouvement fassent un contraste trop important avec l'image statique de l'intérieur du garage et que ce phénomène produise chez le conducteur un sentiment de désorientation accompagné de nausées.

Quand il se trouva en pleine campagne, à l'abri des « mouchards » de verre lent de la ville, il tira un peu plus le pare-brise et conduisit d'une manière plus aisée. Il ralentit presque complètement l'émission de Retardite, gardant les images de McCullough pour le voyage de retour. Les « mouchards » des voitures qu'il pourrait rencontrer enregistreraient les images d'un McCullough assis immobile devant son volant, mais ceci serait tout à fait justifié par le fait qu'un conducteur n'a pratiquement pas besoin de manœuvrer son volant sur une route nationale toute droite. Pourtant, ce luxe de précautions était loin d'être nécessaire parce que le meurtre, de toute façon, ne pourrait pas être détecté à l'endroit où Sala devait le commettre. Le plan prévoyait simplement qu'une ligne de défense supplémentaire devait exister, au cas où le besoin s'en ferait sentir.

Sala prépara son canon dès qu'il fut arrivé au site choisi pour l'assassinat. Un peu plus tard, un message radio lui apprit que la voiture du sénateur était toute proche — et, quand elle arriva au fond du vallon, il transforma véhicule et conducteur en un tas de scories luisantes.

Pendant le trajet de retour, il s'arrêta quelques kilomètres plus loin le long de la route afin d'enterrer le canon un peu à l'écart. Le reste du parcours se passa sans incident et il revint au garage bien avant le lever du jour. Le système qu'il avait soigneusement mais secrè-

tement installé entraîna la toile devant les fenêtres quand la porte du garage se referma derrière lui. Sala déposa alors les panneaux de Retardite de la porte et ceux du camion afin de les remplacer par des vitres ordinaires. Il passa ensuite une « gomme » sur le verre lent afin de perturber sa structure cristalline et d'effacer ainsi à jamais les preuves visuelles. Par précaution supplémentaire, il brisa les panneaux en menus morceaux et les jeta dans la chaudière installée au sous-sol.

Il ne restait plus qu'à appliquer la phase finale du plan. Il monta dans la chambre de McCullough, lui ôta son chapeau et l'accrocha à la porte. Puis il prit une fiole de poison thrombogénique que l'organisation lui avait envoyée pour cette occasion. McCullough était toujours sous sédatif et ne s'éveilla pas quand Sala introduisit sous la peau de son bras gauche le poison, qui ne laisserait aucune trace. Sala avait choisi cet endroit précis parce que cela signifiait que McCullough périrait d'embolie quatres heures plus tard environ.

Satisfait du travail qu'il venait d'effectuer, Sala prit un sandwich et un verre de lait avant de rejoindre sa femme au lit.

« Quand vous forgez une théorie, dit lentement Remmert, vous ne faites pas les choses à moitié. »

Garrod haussa les épaules. « Mon travail consistait justement à en trouver une. En fait, elle est très valable parce qu'elle donne une explication de tous les faits observés, mais elle pèche par un autre côté.

— Elle est trop compliquée. C'est le Rasoir d'Occam...

— Non — les plans de meurtres doivent désormais être très compliqués. Mais je n'arrive pas à imaginer, à définir quelque chose qui puisse démontrer que *c'est* la vérité. Je pense que vous trouverez des égratignures sur les encadrements des vitres du camion et des fenêtres de la porte — mais cela ne prouve rien.

— Il y a peut-être des traces de Retardite dans la chaudière.

— C'est possible. Mais je ne pense pas qu'il existe

une loi interdisant de détruire du verre lent par le feu, n'est-ce pas ?

— Vous croyez ? » Remmert se frappa le front de la main comme pour activer ses souvenirs. Sarcasme évident. « Est-ce que vous aimeriez faire un tour chez Sala et jeter un coup d'œil à sa maison ?

— D'accord. » Ils partirent vers l'ouest de la ville, en compagnie d'un autre détective nommé Agnew. La matinée était déjà bien avancée et des nuages flottaient sur la céramique bleue du ciel, transformant la qualité de la lumière qui se reflétait sur les coquettes maisons. La voiture pénétra ensuite dans une banlieue vallonnée et s'arrêta devant une maison blanche. Garrod éprouva un frisson étrange en reconnaissant l'endroit où vivait Sala et ses yeux enregistrèrent les moindres détails de la bâtisse, du garage et du jardin.

« Ça a l'air calme, dit-il. Croyez-vous qu'il y ait quelqu'un ?

— Je ne le pense pas. Nous avons autorisé Sala à s'occuper de son travail mais nous avons les clefs de la maison et il nous a dit que nous pouvions venir à tout moment. Il se montre vraiment très coopératif.

— Il est normal qu'il fasse tout son possible pour vous aider à mettre le crime sur le dos de McCullough.

— Je crois que le garage vous intéressera plus que toute autre chose. »

Ils suivirent l'allée et Remmert se servit d'une clef pour ouvrir manuellement la porte du garage. L'intérieur sentait la peinture, l'essence et la poussière. Garrod arpenta en tous sens le garage sous le regard des deux policiers, soulevant consciencieusement des objets, des bonbonnes vides et de vieux magazines qu'il reposait ensuite à leur place. Il avait la conviction de se couvrir de ridicule mais se refusait pourtant à quitter le garage.

« Je ne vois pas de taches d'huile sur le sol, fit remarquer Remmert. Comment s'y est-il pris pour faire tourner ses roues ?

— Avec cela. » Garrod fut aidé par sa mémoire. Il montra du doigt deux magazines qui portaient des traces de pneu sur la couverture et dont les pages intérieures étaient considérablement froissées. « C'est un truc bien connu — vous mettez les roues avant sur des magazines bien lisses afin qu'elles tournent sans difficulté.

— Cela ne prouve rien, n'est-ce pas ?

— Pour moi, si », dit Garrod avec entêtement.

Remmert alluma une cigarette et Agnew sa pipe, puis les deux inspecteurs sortirent prendre l'air. Ils fumèrent pendant une bonne dizaine de minutes, conversant à voix basse, puis commencèrent à lorgner leurs montres ostensiblement afin de montrer qu'ils voudraient bien aller déjeuner. Garrod avait la même envie qu'eux — il s'était arrangé pour rejoindre Jane — mais avait également le sentiment que s'il ne tirait rien de cette visite où il contemplait l'intérieur du garage avec la clairvoyance propre aux premières impressions, il n'obtiendrait plus jamais rien.

Agnew tapa doucement sa pipe avant d'aller s'asseoir dans la voiture ; Remmert s'installa sur le muret du jardin et eut l'air de trouver un profond intérêt aux formations nuageuses. Garrod aurait aimé que les autres s'en aillent sans lui et faisait une dernière fois le tour du garage quand il vit un morceau de verre proche du mur séparant le garage de la maison. Il s'agenouilla pour le ramasser, mais l'épreuve la plus élémentaire — passer son doigt derrière le débris — prouva que ce n'était que du verre ordinaire.

Remmert cessa d'étudier le ciel. « Vous, avez quelque chose ?

— Non. » Garrod secoua la tête d'un air abattu. « Allons-nous-en.

— D'accord. » Remmert commença à tirer la porte vers le bas, plongeant ainsi l'intérieur du garage dans la pénombre. Le visage absorbé de Garrod se trouvait tout proche du mur intérieur dépourvu de peinture et, au moment où il relevait la tête, il vit une petite image circulaire apparaître sur la paroi. La silhouette vague d'un toit de maison et un arbre fantomatique agitant ses branches apparurent — inversés. Pivotant sur lui-même, il fit face au mur extérieur du garage et vit une petite étoile blanche briller à un mètre cinquante du sol. La partie en bois était percée, à cet endroit, d'un petit trou. Garrod s'en approcha afin de placer son œil devant l'ouverture minuscule. Un souffle d'air frais venu de l'extérieur frappa son œil et le fit pleurer, mais il parvint à voir un paysage de collines et de maisons nichées au milieu de bouquets d'arbustes. Il se dirigea vers la porte, s'arrêta sous sa partie basse et fit signe à Remmert.

« Il y a un petit trou dans ce mur, dit-il. Il est légèrement incliné, ce qui fait qu'on ne le remarque pas en passant devant.

— Quelle différence ?... » Remmert s'arrêta cependant et vint regarder par le trou. « Je ne sais pas — vous croyez qu'il est assez grand pour nous servir à quelque chose ?

— Bien entendu ! Si Sala a vraiment travaillé dans le garage, un observateur extérieur a pu voir le rayon de lumière être occulté de temps en temps — mais, s'il n'était pas là et que son image n'apparaissait que sur le verre lent des fenêtres, la lumière est restée constante.

« Combien de maisons pouvez-vous apercevoir ?

— Euh... douze environ — bien que certaines soient très éloignées.

— Cela ne fait rien. Si l'une de ces maisons possède un *scenedow* regardant le garage, votre affaire sera classée dans l'après-midi. » Garrod rejeta dans la lumière mouvante du soleil le morceau de verre qu'il avait ramassé — il était certain qu'on pourrait faire appel au témoignage du verre lent.

Remmert le regarda un instant, puis lui donna une tape sur l'épaule. « J'ai des jumelles dans la voiture.

— Allez les chercher, lui dit Garrod. Je vais faire un plan schématique pour situer l'emplacement des maisons qui nous intéressent. »

Il sortit son calepin et regarda à nouveau au travers du trou, puis comprit soudain qu'un dessin n'était pas nécessaire. La colline se trouvait à présent dans l'ombre d'un nuage et il pouvait voir, même à l'œil nu, qu'une maison possédait une fenêtre émettant une lumière verte, semblable à une émeraude rectangulaire.

CHAPITRE XIV

La nouvelle annonçant que Ben Sala avait été arrêté pour le meurtre du sénateur Westcott fut diffusée en fin d'après-midi. Garrod était seul dans sa suite olive et or et attendait que Jane ait terminé son travail de secrétariat pour le compte de Mannheim. Cela faisait près d'une heure qu'il se tenait près de la fenêtre et qu'il contemplait la rue, vingt étages plus bas, et il ne s'était toujours pas débarrassé de l'appréhension qui dormait, tel un serpent glacé, au creux de son estomac.

Il avait trouvé, en rentrant à l'hôtel après le déjeuner, un message d'Esther, message auquel il s'attendait. *J'arrive ce soir à Augusta et serai à ton hôtel vers les onze heures. Attends-moi. Je t'embrasse, Esther.*

Il avait souhaité recevoir des nouvelles de sa femme depuis l'instant précis où il lui avait adressé son propre message, afin que leur affrontement final soit définitivement rejeté dans le passé — mais maintenant il avait peur. Les derniers mots de sa femme — *Je t'embrasse, Esther* — signifiaient, replacés dans leur contexte, que la rupture n'allait pas être facile et qu'elle le considérait toujours comme sa propriété. La rencontre allait être interminable, cruelle et les laisserait déchirés.

Il analysa ses sentiments profonds et s'aperçut alors qu'il craignait son propre manque d'énergie, cette incapacité quasi pathologique à brusquer les autres, même quand cela s'avérait nécessaire et que chacun aurait tiré profit d'une action prompte et décisive. Il aurait pu en trouver des douzaines d'exemples tout au long de sa vie, mais son introspection l'entraîna brusquement vers le plus ancien d'entre eux, à l'époque où il avait dix ans et appartenait à une bande de jeunes à Barlow, Oregon.

Le jeune Alban Garrod ne s'était jamais très bien adapté et souhaitait désespérément obtenir la sympathie du chef de la bande, un gros gars costaud portant le nom de Rick. L'occasion se présenta un jour où il revenait de l'école en compagnie d'un garçon peu sympathique appelé Trevor, qui se trouvait en tête sur la « liste noire » de la bande. Trevor eut le malheur de faire une remarque désobligeante sur Rick et Alban s'empressa de rapporter ses paroles à l'intéressé — malgré tout le dégoût que cela pouvait lui causer. Rick reçut l'information avec gratitude et conçut aussitôt un plan. La bande coincerait Trevor dans une rue et Rick lancerait contre lui son accusation. Si Trevor, reconnaissait les faits, il recevrait une bonne raclée ; mais, s'il les niait, de ce fait il traiterait donc Rick et Alban de menteurs, ce qui lui vaudrait une raclée tout aussi sévère. Tout se passa bien jusqu'au moment crucial.

Après que sa culotte fut baissée — ce que l'on faisait toujours pour mettre en « condition psychologique » un adversaire — Trevor fut acculé contre un mur et Rick le saisit par les revers de sa veste. Il nia farouchement avoir prononcé les paroles fatidiques. D'après les règles obscures de leur code moral, Rick n'avait pas encore le droit de le frapper, aussi demanda-t-il à Garrod de confirmer les faits.

« Il l'a dit, oui ou non ? »

Alban regarda Trevor et fléchit quand il vit la terreur et la supplication dans les yeux du garçon qu'il méprisait. Il eut envie de vomir et dit : « Non, je ne l'ai pas entendu dire du mal de toi. »

Rick relâcha son prisonnier et le laissa s'enfuir, puis se tourna vers Alban avec un air de surprise qui se transforma bientôt en mépris et en colère. Il s'avança, les poings serrés. Agé de dix ans, Alban accepta cette correction avec un sentiment proche du soulagement

— ce qui lui importait, c'était qu'il n'avait pas été obligé de blesser un autre être humain.

A en juger d'après son comportement passé, et sans la présence de Jane à ses côtés pour affermir sa résolution, il existait toujours la possibilité — faible mais néanmoins présente — qu'il accepte de revenir à la maison et de redevenir un bon mari si Esther savait bien s'y prendre avec lui. Rien que d'y penser, son visage se couvrit de sueur froide. Il appuya sa tête contre la vitre et contempla les minuscules rectangles de couleur qui étaient des automobiles et les points encore plus infimes qui étaient les piétons marchant dans la rue. Vus presque à la verticale, aucun ne pouvait être identifié — il était presque impossible de distinguer les hommes des femmes — et il lui sembla difficile d'admettre le fait que chacun de ces points mouvants se prenait pour le centre de l'univers. Garrod se sentit encore plus déprimé.

Il alla dans sa chambre, s'allongea tout habillé et essaya de dormir, mais le sommeil était impossible. Au bout de vingt minutes de vaine attente, il viola une de ses règles les plus strictes en utilisant le vidéophone situé près du lit pour appeler son quartier général de Portston afin d'être mis au courant de la marche de ses affaires. Il parla tout d'abord à Mrs. Werner et apprit quels étaient les événements importants de ces derniers jours ; il parla ensuite avec plusieurs directeurs commerciaux, qui voulaient savoir, de même que Manston, qui était intervenu dans la conversation, le rapport existant entre Garrod et la présente grève des informations. Il s'entretint également avec Schickert, au bord de la panique du fait qu'une agence gouvernementale était intervenue sur le marché et avait déposé de nouvelles commandes — prioritaires cette fois — concernant les particules de Retardite, telles qu'il lui aurait été impossible de les honorer même si la nouvelle usine en cours d'aménagement avait été en service. Garrod s'efforça de le calmer puis passa une heure en conférence avec d'importants directeurs de service.

Ses consultations furent achevées un peu moins d'une heure avant l'arrivée d'Esther et il ne se sentit pas d'humeur à dormir. Il alla dans la salle de bains et, repoussant l'idée de la plonger dans l'obscurité, prit une douche toutes lumières allumées. Il comprit que c'était sa brève liaison avec Jane Wason qui l'avait rendu insouciant des voyeurs. Tout à fait consciente de la beauté de son propre corps, elle refusait tout simplement de vivre dans l'obscurité, même quand elle se trouvait en sa compagnie. Cette pensée l'emplit d'un sentiment mêlé de désir et de regret. La vie avec Jane aurait été si...

Garrod fut soudain, affolé quand il comprit que déjà, avant même qu'une seule parole fût prononcée, il prévoyait la victoire d'Esther.

Je choisis Jane, dit-il en sortant de la cabine de douche. *Je choisis la vie.*

Mais plus tard, quand la sonnette de la porte retentit, il se sentit mourir. Il ouvrit lentement et vit Esther en compagnie de son infirmière personnelle. Elle était soigneusement habillée, discrètement maquillée, et portait des lunettes noires tout à fait ordinaires, du type normalement utilisé par les personnes ayant les yeux blessés.

« Alban ? » demanda-t-elle d'une voix agréable. *Elle va être brave*, pensa-t-il avec tristesse. *Aveugle — c'est pour cela qu'elle porte des lunettes noires — mais brave.*

« Entre, Esther. » Il inclut l'infirmière dans son geste d'invite, mais il était évident qu'elle avait reçu des ordres de sa femme : elle recula dans le couloir, révélant toute sa désapprobation sur son visage d'un rose corail plein de santé.

« Merci, Alban. » Esther lui tendit la main mais il la prit par le coude et la mena vers une chaise.

Il s'assit en face d'elle. « Tu as fait bon voyage ? »

Elle hocha la tête. « Tu as toujours eu raison, Alban. *Je peux* aller n'importe où, même avec ce handicap. Je viens de faire plusieurs milliers de kilomètres pour être avec toi.

— Je suis... » Garrod comprit parfaitement ce que

ses dernières paroles impliquaient. « C'est merveilleux, pour toi. »

Elle releva également ses derniers mots. « Tu n'es pas content de me voir ?

— Bien sûr que si, je suis toujours content de te retrouver.

— Ce n'est pas ce que je t'ai demandé.

— Non ?

— Non. » Esther était assise très droite, les mains croisées sur ses genoux. « Alban, quand as-tu commencé à me haïr ?

— Pour l'amour de Dieu ! Pourquoi devrais-je te haïr ?

— C'est ce que je me demande. Je dois avoir fait quelque chose de très...

— Esther, dit-il d'une voix bien assurée. Je ne te hais pas. » Il observa soigneusement ses traits bien dessinés, remarqua de petites rides de fatigue et sentit son cœur se serrer.

« Alors, tu ne m'aimes pas, c'est bien cela ? »

Nous y voilà, pensa-t-il. *Voici la seconde exacte dont va dépendre tout ton avenir*. Il ouvrit la bouche pour lui donner la réponse qu'elle attendait, mais son esprit se paralysa. Il se leva, marcha jusqu'à la fenêtre et regarda dans la rue. Les points anonymes qu'il savait être des hommes continuaient d'aller çà et là. *Bon sang,* se dit-il, *comment un satellite d'observation peut-il distinguer un homme d'un autre ?*

« Réponds-moi, Alban ! »

Garrod avala sa salive, désireux de s'enfuir. Mais des images diverses voletaient derrière ses yeux : un petit avion à pulvérisation croisant dans le ciel, étincelant comme un crucifix d'argent ; Schickert complètement affolé parce que l'usine ne pouvait honorer toutes les commandes de particules de Retardite ; la campagne sombre, resplendissante...

Les mains d'Esther se posèrent sur ses épaules, hésitantes. Elle avait quitté sa chaise sans qu'il le remarque. « Tu m'as donné la réponse dont j'avais besoin, dit-elle doucement.

— Vraiment ?

— Oui. » Esther prit une profonde inspiration. « Où est-elle, à présent ?

— Qui ? »

Esther se mit à rire. « Qui ? Mais ta nouvelle maîtresse, bien sûr. Cette... *fille* au maquillage argenté. »

Garrod était abasourdi. Il avait l'impression qu'Esther usait d'un pouvoir effrayant pour lire dans son esprit. « Qu'est-ce qui te fait croire ?...

— Tu me prends pour une imbécile, Alban ? As-tu oublié que tu portais mes disques pendant le repas que tu as fait le premier jour ? Est-ce que tu crois que je n'ai pas vu comment la fille de John Mannheim te regardait ?

— Je ne me souviens pas qu'elle m'ait regardé d'une façon particulière, éluda Garrod.

— Je suis aveugle, dit amèrement Esther. Mais pas autant que tu le crois. »

Garrod la regarda, mais ses pensées battirent une nouvelle fois la campagne. *Miller Pobjoy n'a pas parlé des satellites. C'est moi qui ai élaboré toute cette histoire et il n'a rien fait d'autre que me laisser discourir ! Je le savais depuis longtemps, cette idée me travaillait, mais je ne pouvais accepter...*

La porte s'ouvrit brusquement devant Jane Wason. « Je viens de terminer, Al, et... Oh !

— Ce n'est rien, Jane, dit Garrod. Entre. Voici ma femme. Esther, voici Jane Wason. Elle s'occupe du secrétariat de... de John Mannheim. »

Esther sourit faiblement mais regarda délibérément dans une autre direction pour insister sur sa cécité. « Oui, entrez, Jane. Nous parlions justement de vous.

— Je crois qu'il vaudrait mieux que je ne vous dérange pas. »

La voix d'Esther se fit plus dure. « Je crois qu'il vaudrait mieux que vous restiez ! Nous essayons de savoir qui est la véritable intruse. »

Jane entra dans la pièce, ses grands yeux rivés au visage de Garrod et attendant qu'il veuille bien parler.

Il se sentait tout à fait incapable d'affronter une telle situation.

« Parle, Alban. Il faut mettre les choses au point une fois pour toutes », reprit Esther.

Garrod regarda Esther bien en face. Son âge et sa fatigue contrastaient avec la jeunesse et l'éclat de Jane. Aveugle, elle avait traversé un continent pour se trouver en face de lui. Des trois personnes présentes dans cette pièce, elle était la seule à être désavantagée par une infirmité, mais elle dominait pourtant les deux autres. Elle était forte. Elle était brave mais aveugle, désemparée, tendant son visage vers le sien. Il n'avait qu'une chose à faire, prendre fermement à deux mains sa hache verbale — et l'abattre sur elle...

Il ferma les yeux un instant et les rouvrit au moment où Jane quittait la pièce. Garrod courut après elle. « Jane, s'écria-t-il d'un air désespéré. Donne-moi le temps de réfléchir. »

Elle secoua la tête. « Le colonel Mannheim n'a plus rien à faire à Augusta. J'étais venue te dire que j'allais rentrer avec lui à Macon par le dernier vol. »

Il la prit par le poignet mais elle se dégagea avec une vigueur inattendue. « Laisse-moi tranquille, Al !

— Je suis capable de régler cette affaire !

— Mais oui, Al. Bien sûr — exactement comme tu l'as fait avec ton histoire de... » La porte se referma violemment, couvrant la fin de sa phrase, mais Garrod n'avait pas besoin de l'entendre. Il savait que son dernier mot était « satellites ».

Les jambes molles, il revint dans la pièce et s'assit lourdement. Esther s'avança vers lui et posa ses mains sur ses épaules. « Mon pauvre Alban », murmura-t-elle.

Garrod cacha son visage dans ses mains. *Il n'y a pas de satellites, pensa-t-il. Pas de fusées portant des yeux de Retardite tout autour de la tête. Ils n'en ont pas besoin. Pas quand ils saupoudrent le monde entier de verre lent !*

Un calme surnaturel l'envahit quand il réfléchit aux conséquences qu'impliquait, cette révélation. La résolution de la structure cristalline de la Retardite était si précise que l'on pouvait obtenir une image correcte à partir d'une particule de quelques microns de diamètre. Chaque parcelle était pourtant invisible à l'œil nu dans des conditions normales. Ils en utilisaient des centaines de tonnes — de la poussière de Retardite à retards variables, répandue sur tout le continent par des avions à pulvérisation. Ce type d'appareil utilisait normalement des canons de projection électriquement chargés pour donner aux particules un potentiel électromagnétique qui les obligeait à s'attacher aux récoltes au lieu de tomber sur le sol. Dans le cas présent, les particules de verre lent étaient lâchées à très haute altitude pour s'accrocher aux arbres, aux constructions, aux poteaux télégraphiques, aux fleurs, aux flancs des montagnes, aux oiseaux, aux insectes... Elles devaient se trouver sur les vêtements des gens, dans leur nourriture, dans l'eau qu'ils buvaient.

A partir de maintenant — le cri silencieux s'éleva dans sa tête — n'importe qui, n'importe quel groupement ? doté du matériel adéquat, peut tout savoir sur TOUT LE MONDE ! Cette planète est un œil géant, éternellement ouvert, qui surveille tout ce qui bouge à sa surface. Nous sommes prisonniers d'une cage de verre et nous mourons asphyxiés, comme l'insecte tombé dans la bouteille de l'entomologiste.

Et c'est... Plusieurs secondes passèrent, rythmées par le bruit du sang battant sourdement dans ses veines. *Et c'est moi qui suis responsable de cela !*

Garrod se releva, entraînant avec lui le poids indicible de sa responsabilité envers la planète tout entière. Et il s'aperçut, avec un sentiment infini de gratitude, qu'il pouvait le supporter.

« Esther, dit-il avec calme, tu m'as posé une question capitale il y a quelques instants.

— Oui ? » Elle avait l'air soucieux, comme si elle sentait déjà, le changement qui s'était produit en lui.

« La réponse est non — je ne t'aime pas, Esther, et je comprends maintenant que je ne t'ai jamais aimée.

— Ne sois pas idiot, dit-elle d'une voix dure et apeurée.

— Je suis désolé, Esther. Tu m'as posé une question et je t'ai donné une réponse. Je dois maintenant aller retrouver Jane. Je vais t'envoyer ton infirmière. » Il sortit de la pièce sans se presser, car cela ne servait à rien, et se dirigea vers la chambre de Jane, un étage plus bas. La porte en était ouverte et il put voir qu'elle avait commencé de faire ses bagages. Elle était penchée au-dessus d'une valise d'une manière involontairement provocante qui causa un martèlement lent mais puissant à l'intérieur de la poitrine de Garrod.

« Tu m'as menti, lança-t-il avec une fausse sévérité. Tu m'as dit que tu prenais le dernier avion. »

Jane se tourna vers lui, un ruban transparent de larmes sur les joues. « Je t'en prie, laisse-moi partir, Al. »

Garrod dit : « Non, plus jamais, maintenant.

— Al, est-ce que tu as... ?

— Oui, j'ai fait cesser une chose qui n'aurait jamais dû débuter et je veux que tu m'aides à faire de même avec quelque chose d'autre. »

Jane était à ses côtés quand il se rendit dans les bureaux d'un journal, et raconta toute son histoire ; elle fut à ses côtés pendant les mois difficiles qui suivirent, quand le gouvernement affolé fut mis en demeure par la population de promulguer une loi interdisant la production du verre lent. Elle fut à ses côtés pendant les années difficiles qui suivirent, quand on s'aperçut que d'autres pays continuaient de produire de la Retardite et qu'ils en infestaient les océans et l'air — et même la stratosphère. Bien des années plus tard encore, les hommes en vinrent à accepter la présence universelle de la Retardite et ils apprirent à vivre sans honte ni subterfuge, tout comme ils l'avaient fait dans un passé lointain, quand ils savaient que l'œil de Dieu pouvait les surprendre n'importe où.

Jane fut à ses côtés pendant toutes ces années et il

eut la preuve qu'il l'*aimait* car, quels que fussent les efforts déployés, il ne parvint jamais à se représenter son beau visage sans cesse vieillissant. Pour lui, elle n'avait pas d'âge et vivait dans l'éternité — comme une image adorable éternellement prisonnière d'un prisme de verre lent.

Composition réalisée par JOUVE

IMPRIMÉ EN FRANCE PAR BRODARD ET TAUPIN
Usine de La Flèche (Sarthe)
LIBRAIRIE GÉNÉRALE FRANÇAISE - 43, quai de Grenelle - 75015 Paris.

ISBN : 2-253-07186-2 30/7186/7